神様の御用人
継いでゆく者
浅葉なつ
Natsu Asaba

目次

イラスト：くろのくろ
デザイン：髙橋郁子

神様の御用人

継いでゆく者

浅葉なつ
Natsu Asaba

主な登場人物

萩原良彦《はぎわらよしひこ》——●本編主人公。26歳のフリーター。神様の御用を問く「御用人」に任命され、バイトの合間を縫いながら日本全国を飛び回っている。神職を志すことにしたが、資金面に大きな課題があり……。

黄金《こがね》——●方位の吉兆を司る、狐の姿をした方位神《ほういじん》。不本意ながら良彦のお目付役に納まっている。黒龍の問題も無事解決し、スイーツの情報収集に勤しむ平穏な日々を過ごしている。

藤波孝太郎《ふじなみこうたろう》——●良彦の昔なじみで、大主《おおぬし》神社の権禰宜《ごんねぎ》。容姿端麗で外面はいいが、内面は超現実《スーパー》主義者。

吉田穂乃香《よしだほのか》——●大主神社の宮司《ぐうじ》の娘。大学1年生。神や精霊、霊魂などを視る「天眼《てんげん》」の持ち主。大学近くのカフェでアルバイトを始めた。

一柱　継いでゆく者

一

――四年前　五月

　午後二時を過ぎた店内に、客はまばらだった。

　城嶋《じょうしま》が足繁《あししげ》く通う『洋食　ふじた』は、午後三時までをランチタイムとしているが、目当ての海鮮グラタンはこの店の一番人気で、早々に売り切れてしまうことも多い。顧客との打ち合わせが長引き、十中八九駄目だろうと思って来てみたのだが、店主は常連の城嶋の顔を見るなり「間に合ったな」と笑って言ってくれた。どうやら、最後の一皿だったらしい。

　会社のほど近くにあるこの洋食店は、入社後まもなく城嶋が発見した老舗だ。グルメサイトなどには掲載がなく、高齢の店主とその妻が切り盛りする、地元の知る人ぞ知る名店だった。店外、店内共に壁には赤茶色の煉瓦《れんが》が使われており、その色味と合ったクラシカルな木製のテーブルセットと、赤いテーブルクロス。カウンター席と合わせても十人ほどしか入らない広さだが、幾何学模様の窓枠や、白い花びらのような曲線を描くランプシェードが店内を彩り、何の変哲もない平日の昼間を少しだけ特別なものに変えてくれる。しかもパンとサラダが付くランチの値段は千円以下という心遣いで、城嶋をはじめ周辺の会社員には常連も多い。

五月といえど、汗ばむ陽気の中を走って来た城嶋は、ほっとしながら出された水を飲んだ。鮮烈な冷たさが、火照った喉を通って胃《い》の腑《ふ》へ落ちていく。多い時は週に四回は通って、毎回グラタンランチを頼むのだが、一向に飽きはしない。

「はい、グラタンランチね。お待ちどおさま」

城嶋のランチが運ばれてきた際、ちょうど二人連れの客が店を出て行って、店内には城嶋と、カウンターに座る老紳士だけが残った。知り合いなのか、カウンター向こうの厨房《ちゅうぼう》から店主が顔を出して随分親し気に話をしている。それを横目に、城嶋は目の前のグラタンへ律儀に手を合わせた。

「いただきます」

店主が師匠から受け継いだというホワイトソースには、他の店では感じないコクがあり、料理が趣味の城嶋は、どうすれば再現できるだろうか、といつも考えながら口に運ぶ。メニューにある短い解説文には、アメリケーヌソースが使われているとあり、やはりそれが肝になっているのだろう。その豊かな風味がチーズと相まって、エビやホタテの旨《うま》みを引き立てるのだ。

「それじゃあ、近々閉めてしまうのかい？」

嬉々《きき》としながらグラタンの半分を腹に収めた頃、カウンターの老紳士と店主の会話が耳に届いて、城嶋はふと顔を上げた。

「ああ、今のところその予定だよ。時期はまだ決めてないけどね。今までもだましだましやって来たんだが、医者から腰を据えて治療しろと言われちゃって。かみさんも腰が悪いし、そろそろ潮時かなってところだよ」

「もったいないね。この店のファンは多いだろうに」

「しょうがないよ、後継ぎもいないしね。息子は東京、娘は福岡。どっちも飲食とは無縁の職だし、今更帰ってこようとも思ってないだろう」

グラタンを頬張っていた幸せな時間から、一気に奈落の底へ突き落とされたようだった。いや、きっと聞き間違いだ。そうであってほしい。そんなことを思いながら、城嶋は残りのグラタンを黙々と口に運んだ。カウンターの話題はそれから別の事柄に移ってしまい、それ以上の詳細を聞くことはできなかった。

この店が閉まる？

自問して、思った以上に自分が動揺していることに城嶋は愕然《がくぜん》とする。大学を卒業し、デザイン事務所に入社してから二年。ミスをして先輩に怒られた日も、顧客の望む提案ができなくて落ち込んだ日も、いつもここのグラタンを食べて午後を乗り切ってきた。

ほとんど自動的にグラタンを平らげた城嶋は、金を払って店を出た後も、しばらく店の前でぼんやりと佇《たたず》んでいた。『洋食　ふじた』と書かれた飾らない簡素な看板を初めて見つけたとき、それは逆に店への期待値を上げるものになった。店外まで続いている行列に、胸を躍らせながら並んだことを覚えている。

「まじか……」

ようやくぼそりとつぶやいて、城嶋は重い溜息《ためいき》を吐いた。会社員にとって昼食は、唯一の楽しみだと言っても過言ではないというのに。

もう一度長い息を吐き、城嶋が会社に向けてのろりと歩き出すと同時に、背後で店の扉につけられたベルが鳴る。振り返ると、カウンターに座っていた老紳士が出てくるところだった。

城嶋は思わず足を止め、無意識に拳を握って迷う。それでも今は、あの店に関する詳細が知りたかった。

「あの、すみません！」

上ずった声で話しかけると、一拍置いて老紳士が振り返った。

麻素材の中折れ帽をかぶって、眼鏡の向こうの目が不思議そうに城嶋を見つめている。カウンターに座っているときは顔が見えなかったが、七十代か八十代くらいの、思った以上に優しそうな雰囲気の紳士だった。

「何か用かな？」

こちらの姿を見留め、紳士は微笑《ほほえ》んで尋ねた。

城嶋は覚悟を決めて息を吸う。

「……ちょっと、お尋ねしたいことがあるのですが……」

――三年前　一月

人の子の生活に合わせて季節を巡ると、その速さに驚くことがある。もともと悠久の時を過ごす神が時間の流れを気にすることはあまりないが、新年に各家を来訪する大年神《おおとしのかみ》となれば、無頓着というわけにもいかない。慌ただしい年末が過ぎ、今年の新年は寒波とともに訪れた。その時に降った雪が解け、松の内が明けてすぐの頃、大年神《おおとしのかみ》は茶を飲みに馴染《なじ》みの人の子の家を訪ねた。

「待っていましたよ。お正月はお忙しかったでしょう」

家人の出払った家で大年神《おおとしのかみ》を迎えたのは、御用人だ。数年前に連れ合いを亡くし、以降は孫二人を含めた長男家族と同居している。

名を、萩原敏益《はぎわらとします》という。

御用人としての務めは、かれこれ十年ほどだろうか。大年神《おおとしのかみ》自身は彼の御用神になったことはないが、よく見かけていた彼に興味を持って話しかけたことが付き合いの始まりだった。萩原家は毎年根引き松と鏡餅を欠かさないので、覚えがよかったこともある。

「実は、ついさっき宣之言書《のりとごとのしょ》に御神名が出たんです」

客用の茶碗《ちゃわん》に緑茶を注ぎながら、敏益が柔和な頬で口にした。

「まだ松の内が明けたばっかりだっつーのに、大神《おおかみ》はもう仕事しろってのかい。厳しいねぇ」

軽口を叩《たた》いて、大年神《おおとしのかみ》は出された茶を口に運ぶ。人の子の世界で仕事始めはとっくに過ぎたが、敏益はすでに定年退職して久しい。寒さも厳しいこの折に、もう少し労《いたわ》りがあってもよさそうなものだが、大神にも大神の考えがあるのだろう。

「いらっしゃるお社には心当たりがあるのですが、もしよろしければご一緒しませんかか？」

そう言って敏益が見せた宣之言書《のりとごとのしょ》には、大年神《おおとしのかみ》の孫にあたる久久紀若室葛根神《くくきわかむろつなねのかみ》の名が薄墨色で記されていた。

久久紀若室葛根神《くくきわかむろつなねのかみ》は、大年神《おおとしのかみ》の子である羽山戸神《はやまとのかみ》と大気都比売神《おおげつひめのかみ》の間に生まれた八神のうちの末っ子にあたる。八柱のうち七柱までが、農耕に関わる神であるのに対し、久久紀若室葛根神《くくきわかむろつなねのかみ》は、いわゆる収穫祭である新嘗祭《にいなめさい》における神事のための新室《にいむろ》や、収穫が終わりその収納物を蔵する穀物庫の中に安まる稲魂《いなだま》を表すという説などがある。

「あの子の本質はな、いわば『神と人を繋《つな》ぐ者』だ。新嘗祭や、特に大嘗祭《だいじょうさい》（天皇が代替わりした際に行われる初めての新嘗祭のこと）において、神々と日の本における最高神官である天皇が、同じ食べ物を口にする『直会《なおらい》』を見届ける神。しかし新嘗祭っていう名前が認知されることの少ない現代じゃあ、力は弱まる一方だ」

久久紀若室葛根神《くくきわかむろつなねのかみ》が祭られている社は、全国にごく僅かだ。その中のひとつである奈良の社に向かいながら、大年神《おおとしのかみ》は敏益に説明した。

「確か今じゃ、新嘗祭の代わりに別の言葉になったんだっけなぁ？」

「ええ、戦後から勤労感謝の日になりました。宗教色をなくそうとした結果のようです」

「寂しいねぇ。勤労に感謝するのはいいことだが、実りに感謝することも忘れないでいてほしいもんだ」

「今でも神社では、収穫を感謝し、来年の豊作を祈る新嘗祭の神事が執り行われているのですが、いかんせん知名度は低いかもしれませんね」

敏益も少し寂しそうな顔をする。もともと神社仏閣が好きだった彼は、そのあたりの歴史にも詳しい。若い頃は相当な数の寺社を訪ねたようだ。

「まあそれを考えりゃ、久久紀若室葛根神《くくきわかむろつなねのかみ》の名前が出るのは納得っちゃあ納得だな」

電車を待つホームで、寒空を仰いで大年神《おおとしのかみ》はぼやく。おそらくいつか、自分の名前が宣之言書《のりとごとのしょ》に記される時も来るだろう。

隣にいる敏益が何も言わずに微笑んで、同じように空を見上げる。

彼の吐き出した息が白く色づいて、溶けるように消えた。

⛩

「単刀直入に言うと、ムキムキになりたいのだ」

奈良の社で御用人を出迎えた久久紀若室葛根神《くくきわかむろつなねのかみ》は、御用はないかと問われて即座にそう答えた。

「わははは！　ムキムキか！　そりゃいいぞ！」

「じじ様、笑い事ではありません！　私は真剣に思い悩んでいるのです！」

孫に食ってかかられて、大年神《おおとしのかみ》はすまんすまんと笑いを引っ込めた。しかしまさかこのような御用を言いつけられるとは、敏益もさぞかし面食らっているだろう。

大年神《おおとしのかみ》がちらりと傍らの御用人に目を向けると、案の定敏益は複雑な面持ちで久久紀若室葛根神《くくきわかむろつなねのかみ》を見つめていた。

「ムキムキ……というと、筋肉をつけたいということですかな？」

敏益が生真面目に問い返すのを見て、大年神《おおとしのかみ》は再び笑いを堪える。本神《ほんにん》にとっては大真面目な問題なのだから、あまり茶化すのもかわいそうだ。

「そうだ。ついでにそれに見合うように身長も伸ばしたい。つまりは体を大きくしたいのだ」

そう語る久久紀若室葛根神《くくきわかむろつなねのかみ》は、手足も細く、身長は敏益の胸辺りまでしかない。人の子で言えば、小学三年生くらいの体つきだろうか。昔は青年と呼べる姿をしていたが、時代とともに力を削《そ》がれた結果だ。

「この体ではいろいろ不便なのだ。特に先の新嘗祭では、人の子に見えないのをいいことに、どんちゃん騒ぎをする神々を取り押さえるのに苦労した。これから先、大嘗祭を迎えることもあるだろう。その際に新たな天皇《すめらみこと》との初めての直会を落ち着いて見届けるためにも、かつての姿を取り戻したいのだ」

切々と訴える久久紀若室葛根神《くくきわかむろつなねのかみ》の話を、敏益は時折頷《うなず》きながら聞いていた。

大年神《おおとしのかみ》は境内の岩に腰掛け、行儀悪く膝に肘をついて一人と一柱の様子を眺める。

敏益とは茶呑《の》み友達になって久しいが、実際に御用を聞いている場面を見るのは初めてだった。我が孫ながら無茶な御用を言い出した久久紀若室葛根神《くくきわかむろつなねのかみ》を、どうやって納得させるのだろうか。神の姿というのは、力に比例して現れる。一人の人の子の力でどうこうできるものではないと、敏益もわかっているはずだ。

「ご事情はわかりました」

久久紀若室葛根神《くくきわかむろつなねのかみ》と目線を合わせ、敏益は微笑む。

「うまくいくかどうかわかりませんが、私にひとつご提案があります」

「なんだ？」

「神々は人の子からの献饌《けんせん》を力に変えると聞いたことがあります。久久紀若室葛根神《くくきわかむろつなねのかみ》様は、直会を見届けになる神。力を蓄えれば、そのお姿にも変化があるかもしれません。ですので、私からの献饌ということで、何か美味《おい》しいものを食べに行ってみるのはどうでしょうか」

その提案を、久久紀若室葛根神《くくきわかむろつなねのかみ》は興味深く聞く。

「なるほど。つまりは直会の逆だな。本来神々と同じものを食すことで、人の子が神々の力を取り込むが、今回は私が人の子から力を受け取る……」

「はい、そういうことです」

「いいだろう。よろしくお願いしたい」

「承知しました」

よもや食べ歩きが始まりそうな展開だが、果たしてこの敏益がそれだけで終わらせるだろうかと、大年神《おおとしのかみ》はにやつく口元を隠しもせずに腕を組んだ。今まで御用を聞いてもらった神々からの話によると、敏益はかなりの敏腕御用人らしい。茶を飲みながら会話をしていても、いつの間にかこちらの話がするすると引き出されるような感覚を味わうこともある。

そしてその予想通り、この時すでに久久紀若室葛根神《くくきわかむろつなねのかみ》は、敏益の策に落ちていたのだ。

⛩

数日後、敏益は久久紀若室葛根神《くくきわかむろつなねのかみ》をいくつかの店へ連れて行った。

まずは、社からほど近くにあるラーメン店。わざわざ遠方から訪ねてくる客もいるらしく、魚介と豚骨を合わせたスープを売りにしていた。興味本位でついて行った大年神《おおとしのかみ》も孫と一緒に味わったが、確かに豚骨の濃厚なパンチ力と、魚介の優しい旨みが細麺とよく絡んで、作り手のこだわりが感じられる一品だった。

「ここの麺は自家製で、原料の小麦は国産のものにこだわっているそうですよ」

夢中で食べる久久紀若室葛根神《くくきわかむろつなねのかみ》を、敏益は本当の孫を見るような優しい目で眺める。

「なるほど。確かに力が満ちてくるような気がする」

箸を動かす久久紀若室葛根神《くくきわかむろつなねのかみ》は、次第に少し背が伸びて、中学生くらいの面持ちへと変化した。

「ほう、こりゃいい。でかくなってるぞ」

大年神《おおとしのかみ》は孫の頭をぽんぽんと触る。

「しかしまだまだムキムキには及びません」

久久紀若室葛根神《くくきわかむろつなねのかみ》は、自分の細い手足を眺め、小さく息をつく。

「お前さん、ムキムキってどのくらいのムキムキを目指してんだい？　そもそも昔だってそれほど大男だったわけじゃないだろうに」

大年神《おおとしのかみ》にとって屈強な神といえば、大国主神《おおくにぬしのかみ》を降参させた建御雷之男神《たけみかづちのおのかみ》などが思い浮かぶ。しかしそもそも久久紀若室葛根神《くくきわかむろつなねのかみ》とは性質が違うため、そこを目指すのは無理があるような気がするのだが。

「そうですね……私が目指すムキムキは……」

久久紀若室葛根神《くくきわかむろつなねのかみ》は、あたりを見回すと、店内の壁に貼ってあった一枚のポスターに目を留《と》めた。ビールの宣伝らしいそのポスターには、あらゆる部位の筋肉の形がはっきりわかるほど、鍛えに鍛えぬいた水着姿の男性の姿があった。逞《たくま》しく日焼けした肌は、黒光りしてすら見える。

「できればあのような感じに」

「おいおい、随分無茶を言うじゃねぇか」

「全盛期のあーのるどしゅわるつねがー氏のような」

「お前さん確か、最近古い洋画をよく観《み》てたな。ありゃなんだ、びでおか？」

「じじ様、今はでーぶいでーというらしいです」

いまいち事情に疎い神々の会話を、敏益がにこやかに聞いている。

「ご紹介するお店はここだけではありませんから。人間が心を込めて作った料理から力を取り込めることはわかりましたし、次のお店へ行ってみましょう」

敏益に言われて、久久紀若室葛根神《くくきわかむろつなねのかみ》が頷きながら立ち上がる。

「手ごたえはある。続けていけば、私も『あいるびーばっく』と言える日がくるやもしれん」

敏益と連れ立って店を出ていく孫の姿を、大年神《おおとしのかみ》はやれやれと肩をすくめながら追いかけた。


それから敏益は、久久紀若室葛根神《くくきわかむろつなねのかみ》を行列のできるカレー店や、こだわりの果実を使ったスイーツ店などに連れて行き、久久紀若室葛根神《くくきわかむろつなねのかみ》の思うままに食べさせた。今まで神と人の直会を見守りはしても、実際に収穫された作物を使った人の子の料理を食べる、ということについては、ほとんど経験のなかった久久紀若室葛根神《くくきわかむろつなねのかみ》にとって、それは新鮮な体験であっただろう。新年には門松や根引き松を依《よ》り代《しろ》にし、捧《ささ》げられた餅を食べる大年神《おおとしのかみ》ですらも、人の子が扱う食品の多さ、味の多様さに驚くばかりだった。

「見てくれ御用人殿！　なかなかいい体になってきたと思わないか⁉」

四店目の割烹《かっぽう》料理店を出てきたところで、久久紀若室葛根神《くくきわかむろつなねのかみ》は倍以上の太さになった自分の腕を嬉《うれ》しそうに掲げてみせる。ぐんと伸びた背丈は、もはや大年神《おおとしのかみ》よりも高いだろう。顔つきも幼さの残る少年の顔から一気に精悍《せいかん》になり、声すら低くなったように感じた。

「やはり献饌として食べ物を取り込めば取り込むほど、姿が変わるようですね」

「ああ！……しかし、さすがにもう腹がいっぱいだ。これ以上は食べられない」

久久紀若室葛根神《くくきわかむろつなねのかみ》は、はち切れんばかりに膨れた腹を摩《さす》った。神として出された物は残せないので、ここまですべての料理を食べきっている。カレー店以降は見ているだけにした大年神《おおとしのかみ》は、予想通りの展開に、そうだろうな、と顎を撫《な》でた。神とはいえ、その胃袋は無限ではないのだ。

「では今日はこのくらいにしておきましょう。そのお体の様子が長く続けばいいのですが」

「そうだな！　私も毎日注意して観察しよう！」

とりあえずは自分の希望が叶い、久久紀若室葛根神《くくきわかむろつなねのかみ》は満足した様子で社へと戻っていった。

「孫が妙な御用を言いつけてすまねぇな」

帰り道、京都へ戻る電車に揺られながら、大年神《おおとしのかみ》は口を開く。

「まあでも、孫と食べ歩きできるのは楽しいもんだ」

「そうでしょう？　神様はどうか知りませんが、人間は大きくなると自分の生活が忙しくなって、なかなか一緒に出掛けることもできませんから」

車窓から冬の夕陽《ゆうひ》が差し込み、車内をセルロイドのような色味の中に閉じ込める。

「確か孫は……良彦《よしひこ》と晴南《はるな》と言ったか。もう一緒に出掛けてはくれねぇのか？」

「優しい子たちですから、誘えばついてきてくれますが、晴南は春から大学生、良彦の方は新社会人なので、いろいろと忙しいようですよ」

「ははは、そりゃじじいは寂しいな」

「そうなんです。まあでも……」

車窓の外へと目を向けて、敏益は朱《あか》く染まる空に融《と》かすようにつぶやく。

「怪我《けが》も病気もなく無事に大きくなってくれているだけで、じじいは幸せなものです」

今ほど医療が発達しておらず、飢饉《ききん》のために口減らしなども行われていた時代、無事に成人を迎えられる子どもの数は、今よりずっと少なかった。さすがに敏益の生まれはそこまで古くはないが、自らも二人の息子を育てた経験上、子どもなどすぐに熱を出し、何かあればあっけなく命を落とす存在であることもわかっているだろう。

「そういや良彦の野球はどうなった？　続けんのかい？」

大年神《おおとしのかみ》は、ふとそのことを思い出して尋ねた。甲子園にも出場し、大学でも部活を続けていたはずだ。

「ええ、実業団のある会社に入社が決まって。本人も喜んでますよ」

「へぇ、そりゃよかったな！」

妹も同じくらい可愛《かわい》がっているが、野球以外これといった特技のない良彦のことを、敏益が気にかけているのはよく知っていた。

「小さい頃は気の強い妹の尻に敷かれっぱなしで、こいつぁ苦労するぞと思ってたが、なかなか立派に育ってるじゃねぇか」

「尻に敷かれるというか、優しい子なので譲ってしまうんですよ」

敏益は目尻を下げて語る。

「あの子が小学生の頃は、まだ別の家に住んでいたんですが、ある日突然怪我をした雀《すずめ》を抱いて訪ねてきたことがありました。残念ながらその雀は助かりませんでしたが、その時二人で命について話したことを覚えています。この世に生まれ、死んでいくことはとても自然なことで、動物も人間も、その運命には逆らえないのだと。そうしたらあの子は、涙を拭いながらこう言ったんですよ」

でも、それでもぼくは
だまってみているのはいやだ。

「それを聞いた時に、ああどうか、このままその想《おも》いを汚すことなく、大人になってほしいと思いました。成長した今でさえ、私の目にはあの頃のままの、優しい少年に映っています」

自分の子どもや孫のことを語るとき、だいたいの人の子はとても温かな顔をすることを、大年神《おおとしのかみ》は知っている。そのぬくもりは、時として周りにいる者さえ、ささやかな幸福で満たすのだ。

「まあ、勉強はからっきしダメだったみたいだが、その優しさは貴重だな」

「ええ本当に。そして確かに勉強は……不得手でしたねぇ」

敏益が過去を振り返るような眼差《まなざ》しでしみじみと言って、大年神《おおとしのかみ》は声を上げて笑った。

「実業団に入ってからの試合も楽しみだ。観にいかねぇとな」

「ええ、もちろんです」

一人と一柱の爺《じじい》は、そう言って笑い合った。

⛩

「御用人殿！」

翌日、大年神《おおとしのかみ》と敏益がいつものように縁側で茶を飲んでいると、そこに慌てた様子で久久紀若室葛根神《くくきわかむろつなねのかみ》が駆けこんできた。

「おお、お前さんよくここがわかったな」

「じじ様の気配を辿《たど》りました。それより見てください！」

説明するのももどかしく、久久紀若室葛根神《くくきわかむろつなねのかみ》は両手を広げて自分の体を見せつける。

昨日別れた時はそれなりに逞しくなっていたのだが、今はすっかり子どもの姿に戻ってしまっていた。

「あんなに蓄えたのに、一晩しかもちませんでした！」

「まあ、そうなるだろうよ。献饌ってのは祀《まつ》ることと同じで、継続してなんぼなところがあるからなぁ」

大年神《おおとしのかみ》はのんびりと言って茶に口をつける。そういう自分も、毎年正月の度に招かれ、餅を振る舞われるからこそ、今でもこうしていられるのだ。

「そんな！　ではどうすれば……」

愕然とする久久紀若室葛根神《くくきわかむろつなねのかみ》がそう言ったところで、部屋の方に何かを取りに行っていた敏益が戻ってくる。

「では久久紀若室葛根神《くくきわかむろつなねのかみ》様、もう一度行きましょう」

持ってきたウールの黒の帽子をかぶり、グレーと黒のチェック柄のコートを羽織って、敏益は誘った。

「もう一度……？　もう一度美味《うま》いものを食べに行くということか？」

「はい、そうです。何度かやれば、定着するかもしれませんよ」

「なるほど……。よし、わかった。行こう」

我が孫ながら乗せられやすい奴だ、と思いつつ、大年神《おおとしのかみ》は二人を見送った。こうなる結末など、敏益であれば容易にわかっているはずなのだが。

「……何か、考えがあるのかね」

つぶやいて、大年神《おおとしのかみ》は残りの茶を啜《すす》った。

その日の夕方になって戻って来た久久紀若室葛根神《くくきわかむろつなねのかみ》は、やはり昨日と同じような青年の姿になっていたが、翌日になってまた子どもの姿で敏益の家を訪ねてきた。そして敏益は再度久久紀若室葛根神《くくきわかむろつなねのかみ》を連れ出して料理を食べさせ、屈強にしてから社へ帰らせる。その繰り返しが、さらに二度続いた。

「敏益よ、お前さんわざとやっとるだろう？」

久久紀若室葛根神《くくきわかむろつなねのかみ》が、今度こそこの姿を維持するぞと、意気込んで帰っていったあとで、大年神《おおとしのかみ》はついにそのことを尋ねた。

「何を考えているんだか知らんが、勝算はありそうなのか？　お前さんの財布の中身だって、無限に湧くわけじゃないだろう？」

久久紀若室葛根神《くくきわかむろつなねのかみ》を飲食店へ連れて行けば、それだけ金がかかる。腹いっぱいになるまで食べさせていれば、毎回安い金額ではすまないだろう。

「まあ、やってみないことにはなんとも」

敏益は少し思案するような顔で、それでも口元の笑みは絶やさずに答える。

「御用人というのは代々、いろいろな人間が担ってきたようです。中には代々続く神社の血筋や、生まれつき天眼《てんげん》だった者、中には式神を使うような者もいたのだとか。けれど私には何の力もありませんから、このじじいが伝えられることを、伝えるだけですよ」

深い皺《しわ》が刻まれた自らの手を、敏益は摩る。

大年神《おおとしのかみ》からすれば、その何の力もない男だからこそ、予想のつかないことをやるのではないかと期待してしまう。実際今までの御用も、そうして叶《かな》えてきたはずだ。大神も、敏益がそういう男だとわかって御用人に指名したに違いない。

何も持っていない奴は、何にも縛られない自由を持っている。

それは家柄や能力を持って生まれてきた者が、どんなに望んでも手に入れられないものだ。

「……ま、御用人には御用人のやり方があんだろうよ。俺が口出すことでもねぇか」

明るく言って、大年神《おおとしのかみ》は茶請けの饅頭《まんじゆう》を齧《かじ》った。

敏益が何をしようとしているのかはわからないが、孫のために心を尽くしてくれようとしていることだけは確かだった。

二

——四年前　五月

仕事で使用しているメッセージアプリには、後輩から「十六時からの社内プレゼン用の資料って、もう配布していいですか？」という一文が入っていた。「たのむ」と短く返信した城嶋は、再びスマートホンをカバンの中へと放り込む。城嶋が勤務するデザイン事務所はフレックス制で、何時に食事を摂《と》ろうが、休憩と称して外へ出ようが寛容ではあるが、コアタイムは遵守せねばならない。まして今日の社内プレゼンは必ず出席しなければ、社内での今後の立場にもかかわってくる。もともと『ものづくり』がしたくて、就職を決めた会社だ。先輩や上司にも恵まれ、順調にウェブデザイナーとして成長していると思う。

「会社、戻らなくていいのかい？」

城嶋の心の内を見透かすようにして、目の前の老紳士が尋ねた。

「あ、いや、大丈夫……じゃないですけど、四時までに戻れば……」

立ち話もなんだからと、老紳士に誘われるまま近くの喫茶店に入った城嶋は、天鵞絨《びろうど》のような手触りのソファの上で、落ち着きなく座り直した。

『洋食　ふじた』よりもさらに古いと思われる店内は、香ばしいコーヒーの香りで満たされている。カウンターの中の食器棚には、オーナーが集めたという様々な種類のコーヒーカップが並んでいた。その中から、オーナーが客ごとにカップを選んで出すようになっているらしい。

「私は、『ふじた』の店主とは幼馴染《おさななじみ》なんだよ。正確に言えば同級生だったのは弟の方だったんだけど、私のことも何かと気にかけてくれてね。師匠の味に惚《ほ》れ込んであの洋食店を継ぐって言い出した時は、私まで説得に駆り出されたものだよ。なにせ実家は飲食業とは無縁だったし。それでも結局押し切られてしまったけどね」

萩原敏益と名乗った老紳士は、当時を思い出すような眼差しでブルーマウンテンを飲んだ。敏益のためにオーナーが選んだ器は、青粒の上に鉄仙唐草模様が描かれた、九谷焼のコーヒーカップだった。城嶋には、色違いの白いカップが出されている。

「店を閉めるっていうのは……本当なんですか？」

「ああ、どうやら本当みたいだよ。あの様子だと、長くても今年いっぱいという感じかな」

「でもどうして急に？　どこかお体が悪いんですか？」

城嶋の急《せ》くような問いに、敏益は少し驚いた顔をしてコーヒーカップを置いた。

「……急に、ではないんだと思うよ。本人としてはね。もう八十歳も目前だし」

あくまでも穏やかに言われて、城嶋は我に返る。

「すみません……。そうですよね……」

きっと店主も悩んだ末に出した結論なのだろう。それを差し置いて詰め寄るようになってしまったことに、城嶋は体が萎《しぼ》む思いだった。

「城嶋さんは、あの店の常連さんなのかな？」

背中を丸めた城嶋を気遣うように、敏益が尋ねた。

コーヒーで口を湿らせて、城嶋は思い出を辿る。

「……俺、二年前から近くのデザイン事務所に勤めてるんです。学生の時から、美味い店を探して歩くのが好きで、この辺でランチをやってる店を片っ端から調べて食いに行くのを繰り返しているうちに、『ふじた』を見つけたんです。今までいろんな洋食を食べてきましたけど、あのグラタンが本当に絶品で……」

カリカリに焦げたチーズも、噛《か》むたびに旨みが湧き出てくるホタテも、歯ごたえが絶妙なエビも、ふわふわのマカロニも。すべてを包み込むホワイトソースに、幾度も沈みそうになる気持ちを救ってもらった。

「わかるよ。あのグラタンの虜《とりこ》になる人は多いからね。他にも美味いものはあるのに、私も結局、あそこのグラタンに戻ってしまうんだ」

「ですよね⁉」

　敏益に同意してもらえたことが思いの外嬉しくて、城嶋は思わず身を乗り出した。

「俺、食い物ってすごいパワーがあると思ってて。美味いもの食うだけで頑張れることってあるじゃないですか。逆にどんなにクソみたいな一日でも、締めくくりに食った飯が最高に美味かったら、後のことは全部どうでもよくなるっていうか。……俺にとって『ふじた』は、そういう、特別な場所なんです！」

　思いがけず熱く語ってしまい、城嶋は誤魔化すようにコーヒーを飲んだ。初めて会った人だというのに、敏益の柔和な顔を見ていると、言葉が溢《あふ》れるように出てきてしまう。聞き上手とはまた少し違う、安心させるような空気感があった。

「そんなに愛してくれていたんだね」

　城嶋が顔を上げると、敏益は眼鏡の奥の目を細めて微笑んでいた。

「店主に変わって、私から礼を言わなきゃいけないね。木村《きむら》にも聞かせてやりたいよ」

「いえそんな……。……えっと、木村っていうのは？」

「店主の名前だよ」

「藤田《ふじた》じゃないんですか⁉」

　城嶋は思わず声を大きくする。

「それは木村の師匠の名前なんだ。そのまま店を受け継いで、名前も変えなかったようだよ」

低く笑い声を漏らして、敏益は続ける。

「城嶋さんと同じように、木村もあのグラタンの味に惚れ込んで、師匠に弟子入りしたんだ」

「じゃあ、あのグラタンは木村さんの師匠のレシピなんですか……？」

「時代に合わせて、細々と改良はしているだろうけどね」

グラタンの原型は、すでに明治時代にはあったと記憶している。木村の師匠が何年生まれだったのかわからないが、手に入る材料の都合や、現代人の好みに合わせて、手を加えることもあっただろう。

「前々から東京の息子さん夫婦と暮らす話もあったようだし、いろいろと考えているようだよ」

敏益にとってそれは、馴染みの店を失うということと同時に、身近な友人と離れることも意味する。

「仕方がないよ。時代の流れだからね」

どこか自分に言い聞かせるように言って、敏益は寂しげに笑った。

⛩

城嶋は幼い頃に両親が離婚し、以降はずっと看護師である母親に育てられた。実家からの援助もあって、比較的不自由なく人並みの生活は送らせてもらえたが、母親が帰ってくるまで家で一人になることが多く、中学生になるまでは近所の学童保育に通っていた。食事を支援するこども食堂も併設しており、そこで学童仲間と共に夕飯を済ませることもあった。世間では不憫《ふびん》だと思われるかもしれないが、一人だけの部屋で冷たい弁当を食べるよりはずっと、城嶋にとっては豊かな時間だった。

「俺にとっての飯って、もしかしたらそこが原点なのかもしれない」

焼きあがったグラタンが並ぶ食卓を前にして、城嶋はぼそりとつぶやいた。

「グラタンって、オーブンに入れられる数が限られてるから、こども食堂で出たとしてもカップケーキくらいの小さいやつなんだけど、それでもすげえ美味しくて、毎回楽しみだったんだよね。いつかこれが腹いっぱい食いたいなって思ってた……のを思い出した」

敏益との話を終え、無事に会社でプレゼンもやり遂げ、帰路の途中で立ち寄ったスーパーでは、自然と海鮮グラタンの材料を買い集めていた。同じ味が作れるはずもないのだが、なんとなく自分でも作ってみたくなったのだ。小学校五年生の時に、母にコンロを使う許可をもらって以降は、自分で食事を作ることも増え、中学生になってからは母のために夕食を用意するようになった。城嶋にとって料理は苦ではなく、むしろ自分の食べたいものを作ることができる楽しいものだ。

「で、これはもう食べていいの？」

城嶋の向かいでは、同棲《どうせい》している恋人の美緒《みお》が、風呂上がりの濡《ぬ》れた髪のままで缶チューハイを開けている。

「てか、昼にグラタン食べたのに、夜もまたグラタン作ったの？　いくらお腹《なか》いっぱい食べたいなって子どもの頃に思ってたからって、飽きないわけ？」

この家では、城嶋が料理を作り、美緒が片付けを担当している。自分たちの得意なことを割り当てたら、自然とそうなったのだ。おまけに美緒は好き嫌いがなく、何を作っても美味しそうに食べてくれるので、城嶋としても作りがいがあった。

「飽きるとか飽きないとかじゃなくて、俺にとってグラタンはこう……空気」

「空気？」

「空気吸って飽きる奴いる？」

「うわ、面倒臭い人に絡んじゃった」

いつものように軽口を交わして、美緒はグラタンの表面で香ばしい香りを放つ、焦げたチーズにフォークを刺した。そしてその下から発掘したホワイトソースの絡んだエビを、マカロニと一緒に取って頬張る。

「ん！　美味しい！　いつもとなんか味付け変えた？」

「味噌《みそ》入れてみた」

「『ふじた』のグラタンにも入ってんの？」

「たぶん入ってない」

「……なんで入れたの？」

「アメリケーヌソースを作れないから」

端的に言って、城嶋も湯気のあがるグラタンを口に運ぶ。

あのグラタンの味を決めているアメリケーヌソースこそ、木村氏が師匠から受け継いだという秘伝のレシピだろう。オマール海老の殻や香味野菜、それに魚の出汁《だし》などを使うということくらいしか、城嶋にはわからない。

「アレの作り方さえわかれば、『ふじた』の味に近づけるかもしれないけど……」

家で再現することができれば、もう食べられなくなるというショックが、少しは薄まる気がした。

「難しいの？　その、なんとかソース」

「まあ調べればソースのレシピは出てくるだろうけど、『ふじた』と同じ味にするのは至難の業だろうな。ああいうのって、店ごとに材料の比率が違ったりするし」

「じゃあ直之《なおゆき》の配合でいいから今度作ってよ」

「うちにオマール海老を買うような余裕、あるわけないだろ」

同棲を始めてそろそろ一年が経《た》つ。二人の間では結婚の話も出ていた。そのために共同の貯金も始めている。ほとんど冒険のようなレシピに、費やせる資金など無いに等しい。そのうち自分の飲食店を持つのもありだな、などと、二人で語る夢の話だけはいくつもあった。

「私も『ふじた』には何回も行ったし、いざ閉店するって聞いちゃうと複雑ね」

付け合わせのパンに手を伸ばして、美緒は小さく息をつく。

「京都っていうこの古都でも、名刹でもない国宝でもない古いものが淘汰《とうた》されていくことって避けられないんだよね。伝統っていう衣装を誰かに着せてもらわなきゃ残れないんだよ。大半はそれができなくて、認知もされないで消えていく。人も、技術も、料理も」

缶チューハイの表面に付いた滴を、美緒は拭う。

城嶋は反論もできず、ただ冷め始めたグラタンを口に運んだ。

――三年前　二月

人の目に映るよう姿を現している神は、服装や仕草に注意すれば難なく人の子の中へ潜りこむことができる。特に祖父である大年神《おおとしのかみ》はその術に長《た》けていて、彼を神だと知らずに付き合っている人間もいるという。しかし、いくつか注意しなければいけないこともあり、そのひとつが息だ。

真冬の凍り付く音さえ聞こえそうな透明な空気の中でも、神の吐く息は白く曇らない。

「不思議ですか？」

隣を歩く敏益が、そう微笑んで訊《き》いた。不躾《ぶしつけ》に彼の吐く白い息を凝視していた久久紀若室葛根神《くくきわかむろつなねのかみ》は、はっと我に返って瞬きする。

「すまない。つい気になって」

二月に入り立春を迎えたとはいえ、まだまだ冷える時期は続く。特に盆地でもある京都市の寒さは厳しく、人々の吐き出す白い息は、小さな雲のように久久紀若室葛根神《くくきわかむろつなねのかみ》には見えた。

「神様の息は、白くなりませんからね」

敏益は、心得たように笑う。もしかしたら過去にも、違う神に指摘されたことがあったのかもしれない。

「なぜ人の息は白く曇るんだ?」

「これは水蒸気なんですよ。人の息に、それだけ温かい水分が含まれているということです」

「水分が白く見えているのか?」

「ええ。生きている証拠です」

敏益は自身の胸を押さえてにっこり笑って見せた。人の体に温かな血が巡っていることは、久久紀若室葛根神《くくきわかむろつなねのかみ》も知っている。きっとその温度が、口から出てくるのだろう。

「私の孫も、幼い頃に同じようなことを言っていました。自分でふうっと息を吐いて、雲ができると得意げに言っていたんですよ」

敏益は、孫にも自分と同じような説明をしたのかもしれない。そんなことを想像して、久久紀若室葛根神《くくきわかむろつなねのかみ》は口元を緩めた。

その日敏益が久久紀若室葛根神《くくきわかむろつなねのかみ》を連れてきたのは、オフィス街のはずれにある『洋食　ふじた』という老舗洋食店だった。店の扉を開けるとすぐに、ホールに立つ年配の女性から、いらっしゃいませというにこやかな声がかかる。そして敏益の姿を見留めると、さらに柔らかな笑顔に変わった。

「今日は小さいお連れ様ね。良彦君の小さい頃を思い出しちゃったわ」

「親戚の子なんだよ。ぜひここのグラタンをと思ってね」

敏益は厨房の店主にも一声かけて、久久紀若室葛根神《くくきわかむろつなねのかみ》とともに案内された席に向かう。十三時を過ぎてなお、店内は昼食を楽しむ客で溢れ、ある者は運ばれてきた料理の写真を撮り、ある者は相席を当たり前のように受け入れて、黙々と食べては席を立つ。活気があるという雰囲気とはまた違った、温かな空気感のようなものがあった。

「いい店だな。じじ様も一緒に来ればよかったのに」

祖父である大年神《おおとしのかみ》は、もう食い飽きたと言って、この御用には顔を出さなくなっている。

「大年神《おおとしのかみ》様は、何度か来たことがありますよ。お客としてはもちろん、年始にも巡回しているお店のひとつだと思います。毎年きちんと、門松を置きますから」

「なるほど。この繁盛ぶりには、それも関係しているのだろうな」

久久紀若室葛根神《くくきわかむろつなねのかみ》は、祖父の仕事にやや鼻を高くする。神への礼儀と感謝を欠かさない人間の作る料理は、きっと美味いに違いない。

「お待たせしました。グラタンランチです」

ほどなくして、敏益のおすすめだというグラタンが運ばれてきて、久久紀若室葛根神《くくきわかむろつなねのかみ》は香ばしい焼き色の付いたそれを、まじまじといろいろな方向から眺めた。グラタンを食べるのは、これが初めてだ。

「敏益、湯気があがってる。これも〝生きて〟いるな」

「そうですね」

「言葉遊びなわけではないぞ。見ればわかる。これは、生きている料理だ」

今まで敏益によっていろいろな料理を紹介されてきたが、ここまで食材が生き生きと輝いて見えるものは初めてだった。熱された器の端で、未《いま》だふつふつとソースが音を立てている様は、久久紀若室葛根神《くくきわかむろつなねのかみ》にとって鼓動のようにすら思えた。

「熱いので、気を付けてください」

敏益に言われて、久久紀若室葛根神《くくきわかむろつなねのかみ》は少し緊張しながらグラタンにフォークを入れた。途端にそこからほわりと湯気が広がって、ソースの絡んだマカロニを掬《すく》いだせば、バターとホワイトソースの香りが鼻腔《びこう》をくすぐる。冷ますように息を吹きかけ、思い切って口に運ぶと、思った以上に複雑に絡み合った香りと味が、久久紀若室葛根神《くくきわかむろつなねのかみ》の中で一気に解放された。

「どうですか？」

自分のグラタンにはまだ手を付けず、咀嚼《そしゃく》する久久紀若室葛根神《くくきわかむろつなねのかみ》を眺めていた敏益が尋ねた。

久久紀若室葛根神《くくきわかむろつなねのかみ》は、嚙《か》み応えはあったのに、ほどけるようにいなくなったマカロニと、未だ舌の上に残るソースの旨みにほうっと息を吐いた。

「……美味い」

吐息に混ぜた言葉は、心の底からあまりにも自然に零《こぼ》れ落《お》ちた。

「なんという美味だろう……。今までで一番身体《からだ》の中に染み入る気がする」

久久紀若室葛根神《くくきわかむろつなねのかみ》は自身の腕に目をやる。子どものような細い腕が、すでにふっくらとし始めるのを感じ取る。

「味だけじゃない。この材料を獲《と》った者、育てた者、そして調理した者、そこに使われた器具の作り手すら巻き込んで、すべての真心が見事に混ざり合っている……」

今まで敏益に紹介してもらった店も充分な感動を与えてくれたが、ここは明らかに別格だ。どれもが主張しすぎず、けれど萎縮しすぎず、適度に調和している。それを可能にしているのは、おそらく店主の手腕だろう。材料や器具へのこだわりに留まらず、そこに感謝と愛情があるからこそ成し得る技だ。

「敏益が私をここに連れてきた理由がわかった。今までは食べても食べても体が元に戻ってしまったが、ここならばきっと……」

「ええ、私もそう思ってお連れしました」

敏益はようやく、自分の前にあるフォークを手に取った。

「ここの店主は、私の友人でもあるんです。お口にあったようでとても嬉しい」

「じじ様も気にかけている店だというし、導かれたような縁だな」

「本当ですね。閉まってしまう前に、お連れできてよかった」

何気なく敏益が口にした言葉を、久久紀若室葛根神《くくきわかむろつなねのかみ》は一拍置いて問い返す。

「……閉まる？　厨《くりや》の火を落とすのが早いのか？」

確か飲食店によっては、深夜まで営業しているところもあると聞くが、やはりこのように手の込んだ美味いものを出す店というのは、一日のうちに出せる数が決まっているのかもしれない。

「ここの厨の火を落とすのは、だいたい十五時頃です。以前は夜も営業していましたが、今は昼間だけになりました。そして春には、完全に店を閉じてしまうんです」

「完全に……？」

「ええ。店主に持病があって、後を継ぐ者もいないので、閉めることにしたんだそうです。本当は去年いっぱいでと思っていたようですが、惜しむ声が多く、昼間だけの営業にして春まで続けることにしたと」

「春など……もう時がないではないか」

久久紀若室葛根神《くくきわかむろつなねのかみ》は、食べかけのグラタンに目を落とす。草木が芽吹き、新しい命が生まれ行く季節に、この店はひっそりと幕を閉じるというのか。

「敏益、どうにかならないのか。このように生きた料理を出す店が閉まってしまうのは残念だ。このぐらたんは、もっと多くの人の子の口に入るべきだ」

「ありがとうございます。しかしもう、決めてしまったことのようで」

「そうだ！　では我々でこの店を継ぐ者を探してやるのはどうだ⁉」

我ながらいい案だと思ったが、敏益は少し困った顔をして、言葉を探しているようだった。

「お優しいお心遣いをありがとうございます。しかし、閉まるのはこの店だけではないのです。全国を見渡せば、高齢化や売り上げの問題で、遅かれ早かれ同じ道を辿ろうとしている店がいくつもあります。久久紀若室葛根神様《くくきわかむろつなねのかみさま》と訪れた店の中にも、三年後、五年後まで残っている店はそう多くないでしょう。そのすべてをお救いになることができないのなら、手をお出しになるべきではありません」

柔らかい口調だがきっぱりと言われて、思わず立ち上がりそうになるのを、久久紀若《くくきわか》室葛根神《むろつなねのかみ》はどうにか堪えた。

敏益の言っていることは正しい。

そもそも正神が、その役割以上に人の世に干渉することは許されない。

「……美味くても、地域の者に愛されていても、残れぬのか？」

久久紀若室葛根神《くくきわかむろつなねのかみ》の問いに、敏益は悲しそうに微笑んだ。

「それが人の世の理です」

祀られなくなった神がこの世を去るように、抗《あらが》うことのできない結末。

いや、もしくは抗おうとして、力尽きてしまった結果だろう。

久久紀若室葛根神《くくきわかむろつなねのかみ》は、グラタンを口に運ぶ。

その美味さに文字通り血沸き肉躍り、小さな体は力を取り戻していくのに、心は霧《きり》雨《さめ》に覆われるように静かだった。

人の子の命は儚《はかな》い。

多くの植物や動物から命を得ても、百年も生きるものは少ない。

そんなことは、わかっていたはずだったのに。

「久久紀若室葛根神《くくきわかむろつなねのかみ》様、また一日様子を見ましょう」

グラタンを食べ終わる頃、久久紀若室葛根神《くくきわかむろつなねのかみ》の姿はすっかり青年の逞しさを取り戻しており、敏益以外には来店した時と同じように子どもの姿に見えるよう、視界の調節が必要なほどだった。しかし今までのこともあり、久久紀若室葛根神《くくきわかむろつなねのかみ》は素直に喜べなかった。そして敏益も同じように考えたらしい。

「これでまた戻ってしまうようなら、いよいよ他の手を考えます。私にもう少し時間をいただけないでしょうか」

会計を済ませて店の外に出ると、鈍色の雲を敷き詰めた空からちらちらと雪が降っていた。

「大丈夫、きっと御用を聞き届けてみせますよ」

敏益が吐き出すその言葉が、宙に白く形を得る。

その小さな雲が、いつまで見られるのだろうかとふと考えた。

「……ああ。頼む」

久久紀若室葛根神《くくきわかむろつなねのかみ》は小さく言って、口元だけで笑った。

⛩

久久紀若室葛根神《くくきわかむろつなねのかみ》が鎮まる社は小さな丘陵の上にあり、そこ一帯が神域となっている。奈良時代、藤原《ふじわら》氏の手によって創建された由緒ある社で、生い茂った木々のトンネルの中を緩やかな石段が本殿へと続いている。古い社だが、今でも地域の人々の手によって美しく保たれていた。

京都から戻ってきた夜、久久紀若室葛根神《くくきわかむろつなねのかみ》は境内にある鏡池の上に降り、月明かりを頼りにしてその姿を水面へ映した。敏益と別れた頃にはまだ逞しかった胸も、今はその厚みを失い、手足も徐々にか細く萎もうとしている。

「……やはり、あのぐらたんでも駄目だったか」

久久紀若室葛根神《くくきわかむろつなねのかみ》には七人の兄姉《きょうだい》がいる。皆、農耕や稲作に関わる名前が付いた神々だ。多様化したとはいえ、まだまだ米が主食の日の本において、彼らの役割は深い。久久紀若室葛根神《くくきわかむろつなねのかみ》は、収穫された新穀を天神地祇《ちぎ》に供え、感謝の報告を行う新嘗祭に建てられる新室の神格化であり、天皇が直会により神々から力を授かるのを間近で見てきた。今でも大嘗祭で、新たな天皇を迎えることを楽しみにしている。その自らの役割に誇りを持っていた。しかし今の人の子の中で、久久紀若室葛根神《くくきわかむろつなねのかみ》という神名を知り、新嘗祭や大嘗祭の意味を知っている者はどれくらいいるのだろうか。

「……考えるまでもないな。今の私の姿を見ればわかる」

自嘲気味につぶやいて、久久紀若室葛根神《くくきわかむろつなねのかみ》は自らの頬に触れる。

この浮世で変わらないものなどない。

人の子は生まれ落ちた瞬間から死に向かって歩き、花は咲いては枯れ、頑健な石さえ、風雨にさらされればいつかは崩れ落ちる。

「敏益、すまない。私は怖いだけなんだ……」

言いつけた御用は嘘《うそ》ではない。この体ではいろいろ不便なことも、新嘗祭でどんちゃん騒ぎをする神々を窘《たしな》めるのに苦労をすることも本当だ。

しかしそれ以上に、兄姉の中で自分だけがとびぬけて力を削がれつつあること。

それが如実に姿へと現れていること。

自分だけがいつか消えてしまうのではないかという恐怖が、いつの頃からか久久紀若室葛根神《くくきわかむろつなねのかみ》を蝕《むしば》んだ。

「姿を取り戻したところで、私が強くならなければ何も変わりはしないというのに」

敏益に御用を言いつけて以来、久久紀若室葛根神《くくきわかむろつなねのかみ》は今まで新嘗祭で見るだけだった

『収穫物』が、人の手によって料理になったものをいくつも味わってきた。同時に、感謝の言葉すらなしに手を付けられ、当たり前のように残され、廃棄されるところも見た。

飽食の時代に、食べることへの感謝など、薄れて当然なのかもしれない。

ならばこの身の変化も、受け入れざるを得ないのだろう。敏益には酷な御用を言いつけてしまった。

「こんなところにいたの」

水面へいたずらに波紋を広げていた久久紀若室葛根神《くくきわかむろつなねのかみ》は、その声に顔を上げた。

「姉様《あねさま》」

一番上の姉である若狭那売神《わかさなめのかみ》が、参道の方からこちらを覗《のぞ》き込んでいた。田植えをする早乙女を表す彼女は、潑剌《はつらつ》とした若い女神だが、彼女もまた田植えの方法が変わっていくにつれて、その姿を変えつつある。

「いないから心配したのよ」

「すみません」

「兄様《あにさま》が御用人の話を聞きたいんですって」

姉神は、弟を社へ誘う。

「御用人の話を？」

「人の子の話が聞きたいのよ、きっと。あなたが新嘗祭や大嘗祭に行くたびに、その話を聞きたがるのと同じように」

若狭那売神《わかさなめのかみ》は、おどけて肩をすくめてみせる。長兄であり、田の神である若山咋神《わかやまくいのかみ》は、あまり持ち場を離れることがないので、よく町にいる人の子の話を聞きたがるのだ。

「私も御用人に会ってみたいわ。今度連れてきてよ」

「ええ、敏益ならきっと、兄様も姉様も気に入ると思います」

久久紀若室葛根神《くくきわかむろつなねのかみ》は姉神と連れ立って社へ向かう。

ささやかな月の光が、二柱の神を照らしていた。

翌日になると久久紀若室葛根神《くくきわかむろつなねのかみ》の姿はすっかり元に戻っており、予想通り御用は振り出しへと戻った。

「いろいろ尽力してくれたのに、すまぬ」

報告に行った久久紀若室葛根神《くくきわかむろつなねのかみ》は、茶を出してくれる敏益にそう言って頭を下げた。

「久久紀若室葛根神《くくきわかむろつなねのかみ》様が謝ることではありませんよ。私の方こそ力が及ばず申し訳ありません」

「いや、元はと言えば、私が無茶な御用を言いつけたのが原因だ」

敏益の家の縁側では、祖父の大年神《おおとしのかみ》がのんびり茶を啜っている。この御用に関して、祖父は何も言ってはこない。孫とはいえ一柱の神である自分を、尊重してくれているのだろう。

「だから敏益、申し訳ないのだが……、この御用は取り消してもいいだろうか？」

一晩考えた結論を、久久紀若室葛根神《くくきわかむろつなねのかみ》は口にする。祖父がこちらへ、ちらりと視線を投げたのがわかった。

「御用を取り消しに？」

「ああ、お前にはもっと違うことを頼みたい。いや、そうすべきだ」

久久紀若室葛根神《くくきわかむろつなねのかみ》は、自身の小さな手のひらに目を落とす。

「移り変わっていくことが世の常であるなら、私もこの姿を受け入れねばならない」

久久紀若室葛根神《くくきわかむろつなねのかみ》の言葉を聞いて、敏益は何やら考えていたが、ふと思い立ってその場に宣之言書《のりとごとのしよ》を持ってくる。そして久久紀若室葛根神《くくきわかむろつなねのかみ》の神名が出ている頁《ページ》を開いた。

「まだ久久紀若室葛根神《くくきわかむろつなねのかみ》様の名前には墨が入ったままです。ということは、大神はこの御用を聞き届けよとご判断なさったということ」

　そう言って、敏益は緩く微笑む。

「私に、――人の子に、もう少し時間をくださいませんか？」

「しかし……」

　久久紀若室葛根神《くくきわかむろつなねのかみ》は迷って言葉を探した。これ以上御用人を巻き込んでまで、この御用を叶える意味があるだろうか。

「待ってやりゃあいいじゃねぇか」

　やがて大年神《おおとしのかみ》が、茶碗を置いてそう口にした。

「御用人が時間をくれって言ってんだ。急かすのはよくねぇ」

　胡坐《あぐら》をかいた足に頬杖《ほおづえ》をついて、大年神《おおとしのかみ》はにやりと笑う。まるで何か、確信を得ているような口調だった。

「久久紀若室葛根神《くくきわかむろつなねのかみ》、お前さん、もうちっと人の子を信用してやれ」

「わ、私は、敏益を信用していないわけでは――」

「まあ、待ってりゃわかることもあるっちゅう話だよ。花にだって咲く時期ってもんがあらぁな」

　祖父の真意がわからず、久久紀若室葛根神《くくきわかむろつなねのかみ》は困惑する。彼には何か見えていることがあるのだろうか。

「花にだって、咲く時期が……」

祖父の言葉を繰り返し、久久紀若室葛根神《くくきわかむろつなねのかみ》は寒々しく磨き上げられた冬の空を見上げる。

零《こぼ》れたため息は、形にすら残らずに消えた。

三

——四年前　六月

朝から降り続いた雨は、昼を過ぎてようやく飽きたように小降りになって、『洋食ふじた』が十五時までのランチタイムを終えた頃には、雲間から初夏の太陽が顔をのぞかせていた。六月も上旬を過ぎ、そろそろ本格的な梅雨がやってくる。今日の雨はその走りといったところだろうか。そしてその梅雨が明け切る前に、京都では華やかに祇園祭《ぎおんまつり》が幕を開けるのだ。

その日、妻に店内の片付けを任せて、扉にかかった札をオープンからクローズドにひっくり返した木村は、そのままドアベルを鳴らしながら外に出た。雨に濡れたアスファルトが、陽に照らされて黒く光っている。もう少し早く上がってくれれば、ランチに来てくれたお客が濡れなくて済んだのにな、などと思う。これからいったん店を閉め、ディナー用の仕込みをし、三時間後にまた開けなければならない。ほぼ一日中立ちっぱなしのおかげで、妻と共に膝や腰にガタがきていた。重いフライパンを持つせいで手首の腱鞘炎《けんしょうえん》もある。そして昨年からは狭心症の症状が出ていて、医師には休養を言われていた。

「あと半年か」

店名の看板がかかった煉瓦の壁を、木村は見上げる。師匠の味に惚れ込んで弟子入りし、店を受け継いで、気づけば四十年近くが過ぎた。師匠である藤田からは、店を継承することにこだわりすぎるなと言われている。終わるときには終わる、それでいいのだと。自分の代で終わらせることになったとしても、それはそういう役目なのだから誇ればいいと。だからこそ、あえて積極的に後継ぎを探そうとは思わなかった。料理人はきつい仕事だ。そして誰かの血肉になるものを作る仕事だ。どうしてもと望んでやってくる者にしか、任せることはできない。今年いっぱいで閉店することを決めたのは、東京に住む息子から同居の打診があったせいもある。体が弱ると心も弱るのか、あちらで孫の面倒を見ながら暮らすのも悪くないと思えた。

「りょうちゃん」

聞き慣れた声に呼ばれて、木村はふとそちらを振り向いた。

雨あがりのアスファルトを、一人の青年を伴った敏益が歩いて来るところだった。

「ランチならもう終わったぞ」

そう言いながら、冷蔵庫に何があっただろうかと素早く考えを巡らせる。豚肉の余りを、ジンジャーバターで焼いてやるくらいはできそうだ。

「わかってるよ。終わるのを待ってたんだから」

苦笑して、敏益は同意を求めるように隣の青年に目を向ける。木村はその視線を追って、彼が常連客の一人だと気付いた。

「なんだ、お前たち知り合いだったのか？」

「知り合いというかね、知り合いになったんだよ。ねぇ？」

「じょ、城嶋直之といいます」

緊張した面持ちで、青年が頭を下げた。

「私も何度か相談を受けてね、これはいわば、二人で出した結論なんだよ」

敏益は相変わらず、子どもの頃から変わらない柔らかな笑みをたたえている。

一体何のことかと困惑する木村を前に、城嶋が意を決したように口を開いた。

「俺、ここのグラタンが好きで、本当に好きで、毎日三百六十五日食べても飽きないくらい好きで、だからこの店が今年いっぱいで閉まるって聞いて、居ても立ってもいられなくなったっていうか……」

言葉より先に、感情がほとばしるような話し方だった。

「だからあの、今日は、お願いがあって来ました」

「お願い？」

木村は怪訝《けげん》に眉を顰《ひそ》める。息子より若い青年に、何か頼まれるようなことがあっただろうか。

「俺が調理師免許とか持ってて、経営にも明るくて、そういう才能があったら弟子入りしたいところなんですけど、そんな都合よくいかなくて……。まだ社会人二年目で金もないし」

自嘲して、城嶋は続ける。

「だけどひとつだけ、決めたことがあるんです」

その青年の真《ま》っ直《す》ぐな瞳を、木村は驚きとともに受け止めた。

――三年前　四月

三月の下旬になって咲き始めた桜は、一度春雨《はるさめ》に打たれたものの、四月の一週目の日曜日を迎えてなお、真夏の白雲のような勢いで満開に咲き誇った。場所によっては散り始めたところもあり、その花吹雪が見事だと外国人観光客には人気でもある。

その日、大年神《おおとしのかみ》を訪ねて京都を訪れた久久紀若室葛根神《くくきわかむろつなねのかみ》は、一気に人が増えたように感じる街を興味深く見回した。観光シーズンを迎え、点在する神社仏閣では、この時期に秘仏などを御開帳するところも多い。なんにせよ神々にとって、人の子が活気づくことは、なんだかこちらもそわそわとしてしまうものだ。

「だからさ、ここんとこ茹《ゆ》でた鶏胸肉ばっか食ってる。そんなオレを見ながら妹が唐揚げ食ってる」

「わざわざ別メニュー作ってくれるなんて、おふくろさんに感謝しろよ」

「わかってるよ。孝太郎《こうたろう》こそどうなの、神社修行」

「修行じゃない、奉職っていうんだよ。苦労で言えば良彦とそう変わらないかもな」

「やっぱ大変なんだなぁ、神職も」

すれ違った二人組の男性を、久久紀若室葛根神《くくきわかむろつなねのかみ》は目で追った。神社の関係者と、あと一人はどこか似たような気配の人の子を知っている気がする。

あの日以来、敏益は甘味や季節の果実を持参して久久紀若室葛根神《くくきわかむろつなねのかみ》の社を訪れ、あれこれと気遣ってくれはしたが、具体的な解決方法はお互い見つけられずにいる。今日は祖父に会うついでに、敏益ともう一度話し合うつもりだった。

「え、『ふじた』閉店したの？」

祖父は敏益の家にいるだろうとあたりをつけて歩いていた久久紀若室葛根神《くくきわかむろつなねのかみ》は、その声を耳にして思わず足を止めた。通りを挟んだ向こう、角の店の前に三人組の女性が所在なげに佇んでいる。

「嘘でしょ？　三月いっぱいで閉店とさせていただきますだって」

「ここのグラタン楽しみにしてたのに……」

「残念。でもご店主、確かにご高齢だったもんね。夫婦でやってたみたいだし」

三人はひとしきりそこで落胆し、慰め合った後、新たな店を探して立ち去った。それを見送り、久久紀若室葛根神《くくきわかむろつなねのかみ》はシャッター前へ駆け寄る。

「……そうだ、確かにここだった」

敏益に連れてきてもらったのは、二カ月ほど前のことだ。赤茶色の煉瓦の壁にかかっていた『洋食　ふじた』という看板は取り外され、開閉するとベルが鳴る扉には、閉店を知らせる旨の張り紙がしてあった。

「――……店主高齢のため三月いっぱいで閉店とさせていただきます。長らくのご愛顧を誠にありがとうございました……」

小さな声で張り紙を読み上げて、久久紀若室葛根神《くくきわかむろつなねのかみ》は奥歯を嚙《か》み締《し》める。あと一度くらい、あの心にまで染みわたるようなグラタンを食べられると思っていたのに。

「そうか……。人の子に流れる時間は、我々よりもよほど早いものな」

久久紀若室葛根神《くくきわかむろつなねのかみ》は、店主が思いを込めて書いたであろう張り紙の文字に、そっと触れる。その文言の周りには、常連たちが書き残したと思われる感謝の言葉が溢れていた。

ここのランチが生きがいでした。ありがとうございました。

長い間お疲れ様でした。ゆっくり休んでください。

美味しいお料理をありがとうございました。

いつかまたあのグラタンが食べたいです。でもハンバーグも好きでした。

ご夫婦でのんびり過ごしてください。

最後の晩餐《ばんさん》を訊かれたら、ここのグラタンって答えます。

このお店と出会えたことに、感謝。

ひとつひとつのメッセージを目で追いながら、久久紀若室葛根神《くくきわかむろつなねのかみ》は胸の中で何かが熱を持つのを感じていた。店と客の間に繋がった確かなものに、羨ましさすら感じていた。

　自分が消えるとき、こんなふうに心を寄せてくれる人の子は如何《いか》ほどか。

　この名前を呼んで手を合わせてくれる人の子は、どれくらいいるだろうか。

　息が荒くなって、久久紀若室葛根神《くくきわかむろつなねのかみ》は胸を押さえる。視界が歪《ゆが》んだと思ったら、眩暈《めまい》がした。思わず扉に手を突いて、肺腑《はいふ》が膨らむように息をする。その時落とした目線が自分の足を捉え、その異様さに総毛だった。

「……消えている」

　爪先の一部が、周囲の景色に滲《にじ》むようにかき消えていた。痛みもなければ痺《しび》れもなく、問題なく動きもするが、明らかな異常だ。

「やはり私も、もうこの世にはいられないということか……」

　目を凝らせば、薄《うっす》らと手の指も先の方から消えていくような気がした。

　――もういいか。

　もう充分見守った。

　あとは兄様や姉様がきっとどうにかしてくれるだろう。

　八柱のうちの一柱が欠けたところで、何が困るわけでもないはずだ。

足が萎えて膝を突きそうになる。その久久紀若室葛根神《くくきわかむろつなねのかみ》の体を、誰かが後ろから受け止めた。腕を摑《つか》み、強い力で引き上げる。

「遅くなってしまいました」

肩越しに振り返った先に敏益の顔を見つけて、久久紀若室葛根神《くくきわかむろつなねのかみ》は呆然《ぼうぜん》とその目を見つめ返した。

「……敏益、どうして――」

「お訪ねしようと思っていたのですよ。大年神《おおとしのかみ》様に近くにいると教えていただいて、飛んできました」

相変わらず春の陽のように笑って、敏益は久久紀若室葛根神《くくきわかむろつなねのかみ》の体を支えてきちんと立たせる。

「敏益、私はもう、足が――」

「足がどうかしましたか？　きちんと立っておいでですよ」

そう言われて、久久紀若室葛根神《くくきわかむろつなねのかみ》がもう一度自分の足を見直すと、爪先はきちんと弧を描いている。

「……さっきまでは、確かに消えていたのに……」

もしかすると、自分の自信のなさが映し出した幻影だったのだろうか。

「大丈夫。久久紀若室葛根神《くくきわかむろつなねのかみ》様はきちんとここに存在していらっしゃいますよ。この敏益の目に映っていますから、間違いありません」

　肩に触れる手が温かかった。

　それだけでなぜか、ささくれ立ってバラバラに砕けそうだった気持ちが、鎮まったように思う。

「では、参りましょうか」

　当然のように敏益が言うのを、久久紀若室葛根神《くくきわかむろつなねのかみ》は首を傾《かし》げて見つめた。

「どこへ？」

　尋ねる久久紀若室葛根神《くくきわかむろつなねのかみ》ににっこりと笑ってみせて、敏益はポケットから取り出したスマートホンを不慣れな指使いで操作し、どこかへ電話をかけた。

⛩

　敏益が久久紀若室葛根神《くくきわかむろつなねのかみ》を連れて行ったのは、地下鉄とバスを乗り継いだ先にある何の変哲もない賃貸マンションだった。敏益は慣れたようにエレベーターで階数を指定し、目当ての部屋のチャイムを鳴らす。

「はーい、いらっしゃーい」

中から顔を出したのは、若い女性だった。あらかじめ話が通っていたのか、何の疑問もなく敏益と久久紀若室葛根神《くくきわかむろつなねのかみ》を迎え入れる。

「いいタイミング。もう焼けるよ」

「おや、それは僥倖《ぎょうこう》」

親し気に会話をしながら、二人は部屋の奥へと進んでいく。それについて歩きながら、久久紀若室葛根神《くくきわかむろつなねのかみ》はふと鼻をくすぐる匂いに気付いた。

「……この匂い……」

通されたダイニングキッチンでは、女性と同い年くらいの男性が、しきりに稼働しているオーブンの中を気にしていた。久久紀若室葛根神《くくきわかむろつなねのかみ》に気付くと、微笑んでぺこりと頭を下げる。

「こんにちは。城嶋直之です。今日は来てくれてありがとう」

わけがわからぬまま、久久紀若室葛根神《くくきわかむろつなねのかみ》が呆然としていると、敏益がするりと口を挟む。

「前に話した親戚の子で、ククキというんだ。ちょっと人見知りする子なんだけど、あのグラタンの味は誰より知っているよ」

そういう設定なのか、と久久紀若室葛根神《くくきわかむろつなねのかみ》は敏益を見上げる。

「ククキくん、城嶋くんは料理が趣味で、ゆくゆくは自分の店を持ちたいと思っているほどなんですが――」

「と、敏益さん！　それはまだ夢の夢で！」

「おやおや、夢を夢と言っているうちは叶いませんよ？　こういうのは宣言しておくほどいいんです」

なんだか仲のよさそうなやり取りをして、敏益は改めて久久紀若室葛根神《くくきわかむろつなねのかみ》に目を向ける。

「今、とあるレシピの再現をしていて、それに協力してほしいんです」

そう言っているうちに、オーブンが軽やかなメロディを奏でて焼き上がりを知らせた。

「まだ試作段階なんだけど、率直な意見を聞かせてもらえるかな？」

城嶋がオーブンからそれを取り出すと、途端に部屋中を香ばしい香りが満たした。

容器の形こそ違うものの、それは紛れもなく、あの『ふじた』のグラタンの香りだ。

「今日で四回……五回目？　そろそろ完成させてもらわないと、材料費の出費でうちの家計は火の車よ」

キッチンとカウンター越しに繋がるリビングの方から、城嶋の彼女が釘《くぎ》を刺す。嫌味というよりは、からかうような口調に近い。

「だからこそ、敏益さんが太鼓判を押すククキくんにきてもらったんだろ」

「ククキくん、まずかったらまずいって正直に言っていいからね」

「いや、まずくはないぞ。たぶん……」

軽口を交わす二人に促され、ククキはダイニングテーブルの席に着く。そして目の前に焼きたてのグラタンが置かれた。熱い容器の端でふつふつとホワイトソースが動くのを見て、あの日の『ふじた』での記憶が鮮やかに脳裏を駆けた。

「俺さ、『洋食　ふじた』のグラタンがすごく好きで、どうしてもあの味を失《な》くすのが惜しくて、無理を言ってレシピを譲ってもらったんだ」

城嶋が、久久紀若室葛根神《くくきわかむろつなねのかみ》のためにフォークと水を用意する。

「それで今、同じ味になるように試行錯誤中。木村さんが、かなり目分量でやってた部分もあってさ。美緒にも敏益さんにも随分食べてもらったけど、そろそろ新しい人にジャッジが聞きたいねっていう話になって、君を呼んでもらった」

呆気《あっけ》にとられる久久紀若室葛根神《くくきわかむろつなねのかみ》の隣で、敏益はにこにこと笑っている。

「……あのグラタンと同じかどうかを、判断すればいいんだな？」

溶けたチーズとバターが絡み合う焦げ目を見ながら、久久紀若室葛根神《くくきわかむろつなねのかみ》は確かめる。

「うん。あ、俺たちがいると気を遣うだろうから、別の部屋にいるね。ジャッジが出たら呼んでください」

最後を敏益に言って、城嶋は美緒を伴って部屋を出て行った。

「……まさかこんなことになるとはな」

ダイニングに敏益と共に取り残され、久久紀若室葛根神《くくきわかむろつなねのかみ》はこの状況にやや呆《あき》れつつ息を吐く。

「敏益が時間をくれと言っていたのは、このことだったのか？」

尋ねると、敏益は申し訳なさそうに眉尻を下げた。

「もう少し早くお連れできればよかったんですが、いかんせん味の再現に手こずったんですよ。城嶋くんも私も料理人ではないですし。材料を集めてまわるのも大変でした」

「しかし私は別に、『ふじた』のグラタンに未練があったわけでは……。そりゃあもう一度食べられたらとは思っていたが」

「わかっていますよ」

久久紀若室葛根神《くくきわかむろつなねのかみ》の心内を見透かすようにして、敏益は頷く。

「今の久久紀若室葛根神様《くくきわかむろつなねのかみさま》ならきっと、これを食べることの意味がおわかりになると思います」

さあ、と敏益に促されて、久久紀若室葛根神《くくきわかむろつなねのかみ》はフォークを手に取る。艶《つや》やかに磨かれ、曇りのないそれを見ただけで、城嶋がこのグラタンに賭ける想いが伝わった気がした。

フォークでソースの絡んだホタテを掬《すく》い取《と》り、その時ふと、店の前に貼ってあった張り紙のことを思い出す。

店主からの感謝の言葉と、客たちからの労《ねぎら》いの言葉。

文字から溢《あふ》れ出《で》るそれぞれの想いが白い紙面で混ざり合って、久久紀若室葛根神《くくきわかむろつなねのかみ》には生き生きと光って見えた。そしてそれは新嘗祭で神々に供えられる神饌《しんせん》と、同じような彩《いろ》をしている。

実らせる者と、受け取る者。

代わりに差し出される、感謝と祈りの言葉。

お互いを生かし合う神と人。

いくつ季節がめぐり、日の本にいくつの朝と夜が繰り返されようと、変わらない理。

「――そうか」

グラタンをひと口味わって、久久紀若室葛根神《くくきわかむろつなねのかみ》はぽつりとつぶやいた。

「『なくなる』のではなく、『受け継がれていく』のか」

たとえ形を変えたり、消えてしまったとしても。

誰かの記憶に残り、語り継がれ、思い出として大切にされていくこと。

それはきっと、打ち捨てられてしまうこととは違う。

「久久紀若室葛根神《くくきわかむろつなねのかみ》様、初めて御用を聞いた時から、あなたの本当の不安はわかっていましたよ。力を削がれ、不安定になる心を、どうすれば少しでも支えて差し上げられるかずっと考えていました」

向かいの椅子に腰かけて、敏益は尋ねる。

「あなたの、神としての役目は何ですか？」

改めて問われ、久久紀若室葛根神《くくきわかむろつなねのかみ》は永き時を生きた自身を振り返るように、答えを探す。

「……五穀豊穰《ごこくほうじょう》を神に感謝する、新嘗祭や大嘗祭を司《つかさど》ること。そして——その新穀などに宿る力を、日の本の代表であり、最高神官である天皇《すめらみこと》が内に取り込むのを見届けることだ」

「そうですね。それは新嘗祭において、宮中で新室が作られなくなった今でも、変わることはありません」

敏益は宣之言書《のりとごとのしよ》を取り出し、そこにある久久紀若室葛根神《くくきわかむろつなねのかみ》の神名を見せる。

「諸説ありますが、久久紀の『久久』とは茎を指し、『紀』とは長く伸びた材木、『若室葛根』は、新築の家屋や新室を指します。釘などがなかった時代に、材木を結びつける『葛（綱）根』はとても重要なものでした。どんなに姿がお変わりになっても、あなたの御名は、それだけで私たちに、かつての新嘗祭の姿を伝えてくださっているんですよ」

久久紀若室葛根神《くくきわかむろつなねのかみ》は、随分小さくなってしまった自分の掌《てのひら》を眺める。

変わることばかりを恐れていたが、本当に不変のものは、変化があるからこそ見出《みいだ》せるものなのかもしれない。

このグラタンに込められた真心が、あの城嶋という青年に引き継がれるように。

「……思い出した。私も変わっていくものを知っている」

久久紀若室葛根神《くくきわかむろつなねのかみ》は、潤む視界を誤魔化すように瞬きする。

「代替わりを迎え、大嘗祭を終えた天皇《すめらみこと》の足音は変わるんだ。神々の力を取り込み、一介の跡継ぎから、日の本を背負う者へと変わった足音を聞くのが、いつも楽しみだった……」

浄闇に松明《たいまつ》の爆《は》ぜる音だけが響く静寂の中で、神々は待つ。

実らせた者と受け取る者が、共に食する直会のときを。

そうして互いに、弥栄《いやさか》を想い合うときを。

「あなたは、神事を通して神々と人を繋ぐ大事なお役目をお持ちです。どうかそのことに胸を張ってください」

敏益の言葉に、久久紀若室葛根神《くくきわかむろつなねのかみ》は苦笑する。

「この小さな胸でも構わないか？」

「人の子には充分大きいものです」

敏益がおどけたように言って、一人と一柱は密《ひそ》やかに笑い合った。

「……神と人を繋ぐ、か」

つぶやいて、久久紀若室葛根神《くくきわかむろつなねのかみ》は改めて正面に座る敏益に目をやる。

「まるで御用人と同じだな」

敏益が少し驚いたように眉を上げて、本当ですね、と口にする。

「では御用人が続く限り、ずっと見守っていてください」

「ずっとか」

「ええ、ずっと」

リビングの開け放たれた窓から、風に乗って一枚の桜の花弁が舞い込んだ。

桜もまた、形を変えながら不変を繋いでいる。

「……城嶋を呼んでくれ。どうせなら皆で食べよう。ここで直会も悪くない」

そう言ってフォークを置いた久久紀若室葛根神《くくきわかむろつなねのかみ》は、はたと気付いて続ける。

「ああでも、味については二、三物申したいことがある。美味いことは美味いんだけどな」

その言い様に、敏益がおかしそうに頰を緩めた。

「わかりました。皆で議論することにいたしましょう」

『洋食　ふじた』の創始者は、そして城嶋にレシピを伝えた店主は、想像していただろうか。そのグラタンを挟んで額を寄せる、神と人の子の姿を。

宣之言書《のりとごとのしょ》に終了の朱印を押した後も、久久紀若室葛根神《くくきわかむろつなねのかみ》と敏益は城嶋の家に通い、グラタンの再現に協力した。

そして夏前にはついに、元店主も認める味を完成させる。

皆でささやかな祝杯を上げた数日後。
突然倒れた敏益は、そのまま帰らぬ人となった。

――現在

バイトを終えた良彦が帰路に就いたのは、夕方六時をまわった頃だった。その日は時折依頼のある展示会場の清掃で、恙《つつが》なく終わらせた後は直帰して良いとのことだったので、清掃道具を本部まで運ぶのをチーフに任せ、良彦はトイレで着替えて外に出た。日に日に秋の気配は濃くなり、陽が落ちれば風は冷たい。ついこの間までの汗が噴き出てくるような暑さが嘘のようだった。

「腹減ったなぁ」

ぼやきながら、タイル張りの歩道を歩く。今日は少々寝坊してしまい、食事もそこそこに家を飛び出し、本部に着くまでに菓子パンを齧ったただけだ。その菓子パンも、良彦の前を歩く金色の狐《きつね》に半分盗《と》られている。自宅に帰れば夕飯があるはずだが、それまでに何か腹に入れたくなる空腹具合だった。

「黄金《こがね》、コンビニ寄ろうぜ。この先の角曲がったとこにセブンあっただろ」

良彦の呼びかけに、ふくよかな尻尾を揺らして萌黄《もえぎ》色の瞳が振り返る。

「お前の財布にそんな余裕があるのか？」

「ないけど、今の空腹を我慢するのも無理」

「家に帰れば食い物があろう。その程度も耐えられぬのか」

「お前にもなんか買ってやるから」

「……ならば仕方あるまい」

あっさり掌を返して、黄金がやや歩調を早める。相変わらずわかりやすい狐神だ。

「——あれ？」

コンビニを目指して歩いていた良彦は、その途中にあった一軒の飲食店に目を留めた。何度かここの前を通ったことがあるが、ついこの間までは古いうどん屋の空き店舗だったはずだ。それが改装され、外観はシンプルな白壁に、町屋を思わせるような京都らしい格子を置き、傍《そば》にはオープンを祝う白の胡蝶蘭《こちょうらん》が飾ってあった。

「……『bistro　YOSHIMA』」

表札のような小さな看板に、おしゃれな筆記体で書かれたそれをどうにか読んで、良彦は扉の横に置かれたメニューに目を通す。

「鮮魚のカルパッチョ……子牛のタンシチュー……牡蠣《かき》のポシェ……ポシェってなんだ……？　でもなんか美味そう」

価格帯はそれほど高くはないが、安くもない。窓から見える店内はカウンターもあり、一人で入っても気まずくはなさそうだ。ただ小腹を満たすためだけの店としては、少々自分には豪華すぎる気もする。

「やっぱオレにはコンビニのホットスナックで――」

自嘲気味に言いかけた良彦の目の前で、黄金が躊躇《ちゅうちょ》なく扉をすり抜けて中に入っていく。

「っておい！　黄金！　勝手に入んな！」

声を抑えつつ呼びかけたが、尻尾まで店内に入ってしまい、良彦だけがその場に取り残される。しばし財布の中身と自制心が天秤《てんびん》で争っていたが、もうすぐ給料日だ、と気付いてしまったことで決心がついた。

「いらっしゃいませ！」

白木に真鍮《しんちゅう》の取っ手が付いた扉を開けると、女性の店員が気さくな笑みを向けてくる。

「お一人様ですか？」

問われて、はいと言いかけた良彦は、店内の隅の席に見覚えのある少年がいることに気付いた。黄金はすでに、彼のテーブルの上を覗き込んでいる。

「くくき……っ」

彼の長い名前を呼びそうになって、良彦はどうにか堪えた。なぜこんなところにいるのだろう。確か彼の社は奈良ではなかったか。

「あら、ククキくんの知り合い？」

店員が尋ねると、久久紀若室葛根神《くくきわかむろつなねのかみ》は、フォークを持つ手を止めて顔を上げる。

「私のというか、敏益の孫だよ」

「敏益さんの⁉」

その店員の声に、カウンターの中にいた店主までもが身を乗り出した。久久紀若室《くくきわかむろ》葛根神《つなねのかみ》はともかく、なぜ店の人が祖父を知っているのか。

「え、あの、うちのじいちゃんとどういうご関係で……」

「ご関係もなにも、この店や私たちの恩人みたいなものよ。御葬儀にも行ったもの」

「えっ！　すみません覚えてなくて……」

三年前の祖父の葬儀には、個人としては珍しいほど、たくさんの弔問客が訪れた。性別も年齢層もばらばらで、祖父は一体どこで彼らと知り合い、どうやって仲良くなったのだろうと、不思議に思ったほどだ。良彦も何組か対応をしたが、正直なところ顔と名前を憶《おぼ》えている人の方が少ない。今思えば、あの中には神々も交じっていたのだろう。

「いいのよ。それより今日はご馳走《ちそう》するから座って。食べてもらいたいものがあるの」

店員に促され、良彦は半ば強制的に久久紀若室葛根神《くくきわかむろつなねのかみ》の正面の椅子に座らされる。久久紀若室葛根神《くくきわかむろつなねのかみ》の隣には、ちゃっかり黄金が腰を落ち着けていた。

「なあ、どういうこと？　なんでここの人がじいちゃんのこと知ってんの？」

良彦は小声で尋ねる。久久紀若室葛根神《くくきわかむろつなねのかみ》はいい焼き色のついた海鮮グラタンを、慣れた手つきで口に運んでいる。

「知り合いだからだろう。敏益にだって付き合いがあっただろうからな」

「いや、そりゃそうだけど。ていうかなんで久久紀若室葛根神《くくきわかむろつなねのかみ》も親しそうなの？　友達？」

「友達というか、同志というか……。もう三年来の付き合いか。おかげで彼らの目に映る姿は少しずつ成長させねばならないので、それはそれで苦労している」

そう言いつつ、久久紀若室葛根神《くくきわかむろつなねのかみ》の表情はどこか嬉しそうにも見える。

「それで良彦、わしは何を食べられるのだ？」

器用にメニュー表を鼻で広げて、黄金が肉球で紙面を叩く。

「丹波地どりのくりいむぱすたとやらが美味そうだ」

「いや、待って。なんか食べてもらいたいものがあるって言ってたけど……」

「こちらのあひいじょとはなんだ？」

「アヒージョはなんかこう……油の……」

「てらみすはわかるぞ。晴南が買っておった」

「お前、うちの冷蔵庫の中身把握すんのやめてくんない？」

良彦にすれば、いつもの黄金とのやり取りだったのだが、聞いていた久久紀若室葛《くくきわかむろつな》根神《ねのかみ》が可笑《おか》しそうに頬を緩めた。彼がこのように柔らかな表情をするのは、あまり見たことがない。

「お待たせしました」

やがて良彦の下に、若い店主自らが焼きたてのグラタンを運んでくる。

「『ふじたのグラタン』です」

「……ふじた？」

確かここの店名は、JYOSHIMAではなかったか。

「ふじたってもしかして、じいちゃんの幼馴染がやってた洋食店の――」

「いいから、とりあえず食べてみろ」

首を傾げている良彦に、久久紀若室葛根神《くくきわかむろつなねのかみ》がフォークを差し出して促した。店主と女性の店員も、なぜだかこちらを見て微笑んでいる。

「……いただきます」

なんだかわからないが、神にも人にも食べろと言われるのだから、食べてみてもいいだろう。良彦は手を合わせ、物欲しそうにしている黄金を無視しながら、湯気のあがるグラタンを息で冷まして口に運ぶ。

「どうだ。美味いだろう？」

久久紀若室葛根神《くくきわかむろつなねのかみ》が待ちきれない様子で尋ねた。

良彦はしばし目を瞠《みは》り、口の中に満たされた幸福を味わって、惜しむように喉へ送り出す。

「……これ、知ってる。『ふじた』のグラタンだ……」

幼い頃、祖父に連れられて行ったあの店の記憶が、一気に良彦の脳裏へと蘇《よみがえ》った。噛めば噛むほど、エビとホタテの旨みが舌の上で絡み合う。加えてこのコクのあるホワイトソースが、あまりにも懐かしい。

「……初めて食った時もめちゃくちゃ美味くて、夢中で食べたんだ。野球やり始めてからは忙しくなって、あんまり行かなくなったけど……」

グラタンを頬張る幼い良彦を、向かいの席で祖父が笑って見ている。些末事《さまつごと》に紛れて忘れていたその景色が、急に記憶の中で色づいた。

「……でも、このグラタンと、この店の人がじいちゃんと知り合いなことに、なんの関係が……？」

未だ事態が呑《の》み込めない良彦に、久久紀若室葛根神《くくきわかむろつなねのかみ》が店主たちと目を合わせて笑う。

「大いに関係がある。なにせ敏益を含めた四人で、何度も味見をしてこのグラタンを完成させたんだからな」

「じいちゃんが味見？　なんで？」

そう問い返す自分の顔に、もう亡い人の面影を重ねる彼らの日々を、良彦はまだ知らない。

ワンポイント
神様講座 1

久久紀若室葛根神《くくきわかむろつなねのかみ》の兄弟について教えて！

久久紀若室葛根神は七柱の兄と姉がいます。山から降りてくる田の神とされる若山咋神《わかやまくいのかみ》、若い苗を表す若年神《わかとしのかみ》、田植えをする早乙女と解釈される若沙那売神《わかさなめのかみ》、夏の日差しの中で育つ稲を表す夏《なつ》高津日神《たかつひのかみ》、稲の収穫に関する秋毘売神《あきびめのかみ》、よく育った稲の豊穣を表す久久年神《くくとしのかみ》、そして新嘗祭《にいなめさい》の新室《にいむろ》を表す久久紀若室葛根神です。八柱を合わせて、耕作から収穫まで一年の農耕行事を示す神々であるという説がありますが、さまざまな解釈があり、実は謎の多い神々です。

実は八柱全員、
台詞付きで九巻にも
出演しておったのだぞ。
探してみるとよい。

二柱　永遠の相棒

良彦の家の向かいにある斎藤《さいとう》家では、良彦が小学校に上がる頃から、チョコという名前の、白地に茶色の斑《はん》がある雑種犬を飼っていた。柴犬《しばいぬ》に似た利発そうな顔立ちと、三角の先が少しだけ折れた半立ちの耳、巻きの緩いふさふさの尻尾。白いのにチョコという名前なのは、仔犬《こいぬ》の頃の毛色がややクリーム色がかっていたので、当時の息子さんがホワイトチョコレートを連想したからだと聞いたことがある。良彦にもよく懐いており、斎藤家を訪ねた際は、出迎えてくれるチョコをわしわしと撫でるのが常だった。

「十八歳……老衰だったんだって。まあここんとこ寝たきりだったみたいだしなぁ」

先ほどバイト帰りに斎藤家のご主人と行き合って、今まで可愛がってくれてありがとうねと、泣き腫らした目で礼を言われた。調子が悪いことは聞いていたが、良彦は突然のことで狼狽《うろた》え、気の利いたことは何も言えなかった。その自己嫌悪と、チョコがいなくなったショックの真っ最中だというのに、うちの狐はベッドの上で興味の欠片《かけら》もなさそうに後ろ足で顎を掻《か》いている。

「人の子も動物も草木さえ、この世に生まれ落ちた瞬間から死に向かって歩くものだ。命を全うした〝ちょこ〟を称《たた》えこそすれ、何を悲しむ必要がある」

溜息まじりに言われて、良彦は渋面で黄金を見やった。この狐神には、情というものはないのか。

「……いや、あったはずなんだよなぁ、黄金にも……」

ぼやいて、良彦は椅子の背もたれに身を預ける。

黒龍《こくりゅう》と金龍《きんりゅう》、そして蝦夷《えみし》と大和の因縁に触れて、まだ一カ月も経っていない。永きを生きる神々と違って、人や動物の命など瞬きほどの儚さだ。だからこそ、三由《さんゆ》という少年に心を寄せてしまった黄金は苦しむことになった。もしかしてその時の反省から、自分には冷たいのだろうか。

「そんなことより良彦、お前神職を目指すというのは本気なのか？」

無防備な胸を一撃されて、良彦は思わず息を詰める。確かに東北から帰って来た直後、そんな話を孝太郎にしに行った。

「……ほ、本気だけど、一応」

「そのわりには、相変わらずバイトに行って、家ではぱそこんでげーむをしているだけのように見えるが？」

「オレだっていろいろ考えてんの！」

神職を目指したいと思ったのは本当だ。しかし自分でも調べてみた結果、大学で神職課程を修了しておらず、神社の息子でもない良彦が神職を目指すことは、思った以上に手間と金がかかる。その現実に、少し気持ちが萎えていたのも事実だった。

「お前が神職を目指すのは勝手だが、御用人としての役目も果たさねばならぬのだぞ。そのことを忘れるでない」

「わかってますって」

バイトという労働に勤《いそ》しみ、御用人の役目も果たし、それに加えて神職のための勉強も始めなければならない。なんだか急に忙しくなった気がする。

「まあ次の御用が出ないうちに、孝太郎にもう一回詳しく聞いて――」

などと言いながら、良彦が立ち上がった矢先。

机の上に置いていた宣之言書《のりとごとのしょ》が淡い光を放って、ひとりでに頁を開く。

「今⁉」

良彦は思わず叫んだ。もしかして大神はこの部屋に盗聴器でも仕掛けているのか。いやそれとも、堂々と神の力で盗み聞きをしているのか。いずれにせよわかっていてやられた気がする。

宣之言書《のりとごとのしょ》の光が収まるのを待って、良彦は恐る恐る頁を覗き込んだ。ややこしそうな神様だったら少し待っていてもらえないだろうか、などと不謹慎に思う。

「三条……しょう……鍛冶《かじ》……？」

薄墨でずらりと並んだ漢字は相変わらず読めないが、わかるものもある。一番上の三条というのは、京都の地名でもあった。

「この鍛冶って、あの職人さんの鍛冶？」

良彦が漢字に弱いことを知っている黄金が、隣にやってきて机の縁に前足をかけ、伸びあがって紙面に目を走らせる。

「三条小鍛冶宗近命《さんじょうこかじむねちかのみこと》……。ほう、刀工を出すか」

「とうこう？」

黄金が鼻を鳴らして、首を傾げている良彦を見上げる。

「これなら案内には適任がおるぞ」

「適任？」

「おるだろう、刀が大好きなあやつが」

「刀……？」

その一言を聞いて、良彦の脳裏に一柱の神の顔が浮かんだ。

「三条小鍛冶宗近殿と言えば、言わずと知れた平安時代の刀工です！　私も何かと親しくさせていただいており……」

⛩

良彦の呼びかけに応じ、大阪の枚方《ひらかた》にある社から意気揚々とやってきた百済王聡哲《くだらのこにきしそうてつ》は、その神名を見るなり諸手《もろて》を挙げて案内を申し出た。

「彼の代表作と言えば、三日月宗近《みかづきむねちか》が有名ですね。打ち除《の》けが三日月のように見えることからその名が付きました」

「うちのけ……？」

「打ち除けというのは、簡単に言えば焼き入れの際にできる模様のことで、弧状だったり、点線だったり、刃文と交差するようなものだったりと様々あります。三日月宗近はかの有名な将軍足利義輝《あしかがよしてる》の手にあったと言われ、今では国宝となり、東京国立博物館に所蔵されています」

聡哲は、やや興奮した様子で早口に説明する。良彦にはよく理解できなかったが、とにかく貴重な刀を打った有名な刀工ということだろう。

「三条さんの三条は、やっぱ地名と関係してんの？」

良彦の家から京阪電車で三条駅へ到着し、そこから地下鉄に乗り換えるところだった。三条駅からは大阪方面にも、烏丸御池で乗り換えれば、四条駅や京都駅方面にも行くことができるので、良彦にも馴染み深い。

「はい。刀工時代このあたりに住んでいたので、三条という名がついたとか」

聡哲は迷うことなく最寄り駅で地下鉄を降り、東西に走る大通りを少し歩いた後に南の路地へ入り、そこからさらに続く道の鳥居の前で足を止めた。

「この坂を上っていくと本殿へたどり着くのですが、三条殿はそちらではなく、こちらの末社にいらっしゃいます」

聡哲は、本殿に向かって左にある駐車場の一角を指した。

鳥居の代わりに石柱に注連縄《しめなわ》が張られ、その奥に灯籠に挟まれた小ぢんまりとした社がある。その後ろに立ち並ぶ石柱は、斜めの切っ先が天を向いており、どことなく刀を連想させる。圧倒されるような大きい社ではないが、小綺麗《こぎれい》に手入れされており、絵馬掛けにはたくさんの絵馬が並んでいた。

「そういえば、黄金が気にかけてたサンユも刀工になったんだよな。知り合いとかじゃないの？」

確か田村麻呂《たむらまろ》の東北遠征も、平安時代だったはずだ。

良彦の問いに、黄金が呆れ気味に日を向ける。

「平安時代が何年間あったと思っているのだ。江戸時代よりも長い約四百年なのだぞ？　三由が生きたのはその初期、宗近が生きたのは後期だ。交流があったと思うか？」

「……なさそうだな」

そもそも良彦にとってみれば、平安時代が約四百年もあったことの方が驚きだ。

「現代で祀られるくらいなんだから、相当すごい刀工だったんだろうな」

刀が武器や献上品だった時代、数多《あまた》の刀工がいたはずだが、神として祀られるようになったという刀工の話を、良彦は他に聞いたことがない。もちろん知らないだけという可能性も大いにあるが。

「あ、そういえば、祇園祭の長刀鉾《ほこ》も宗近殿に関係があったはずです」

聡哲が思いついたように手を打つ。

「長刀鉾の、あのてっぺんについている長刀。あれの初代は、宗近殿が八坂神社に奉納したものと言われています」

「え、あのでっかいやつ⁉」

　長刀鉾は祇園祭の鉾の中でも、唯一生稚児を乗せ、巡行の先頭に立つ特別なものだ。祇園祭の象徴と言っても過言ではなく、良彦も毎年目にしている。

「しかし今はもう長吉作のものに変わっておりまして、それも傷まないよう保存されていますので、鉾頭となっているのは複製品ですがね」

　不意に後ろから聞こえた声が説明の続きを引き受けて、良彦は振り返った。

　齢《よわい》は三十代くらいだろうか。折烏帽子《おりえぼし》に、鮮やかな青の直垂《ひたたれ》。一見武士にも見える姿だが顔つきはどこか人懐こく、一重の目は涼やかで、唇には笑みをたたえている。

「宗近殿！」

「今日は随分にぎやかなお越しですね、聡哲殿」

　親し気に挨拶をして、聡哲は改めて良彦と黄金を宗近に紹介する。

「宣之言書《のりとごとのしょ》に宗近殿の御名がでましたので、御用人殿とお目付け役の方位神《ほういじん》様をお連れしました」

「私の名が？」

　宗近が意外そうに自分の胸に手を当てる。

「御用人殿と方位神様におかれましては、大建て替えの阻止という重大な御役目を為《な》し得たばかりであるというのに、私などのためにお越しくださるとは、もったいなきことです」

宗近に深々と頭を下げられ、良彦は気まずく頬を掻く。

「大したことはしてねぇよ。いろんな神様が協力してくれたからどうにかなっただけで……」

良彦の足元では、原因の一端となったはずの黄金が、我関せずといった面持ちで前足を舐《な》めている。こちらの神には、もう少し労いやら感謝やらをもらってもいい気がする。

「そもそもあれって御用じゃなかったし、こっちが本業といえば本業なんだよね」

良彦は苦笑して、改めて宗近を見やる。

「まあ、そんなわけなんで、なんか困ってることある？」

その問いに、陽が落ちるように宗近が顔を曇らせた。

⛩

「御用人殿は、刀がどんなふうに作られるかご存じですか？」

良彦に御用を問われた宗近は、言葉に迷うような様子でそう尋ねた。

「どんなふうに……？　いや、言われてみればよく知らないかも」

そもそも聡哲と違い、良彦は刀に対しての興味も知識もそれほど持っておらず、時代劇で見かけるもの、といった印象だ。

「刀は玉鋼を原料とし、それを炉で熱して、鎚《つち》で何度も打ち延ばす鍛錬を繰り返してあの形にしていきます。鍛錬は通常、二人ないし三人で行うのですが、〝相槌《あいづち》を打つ〟という言葉は、刀工が息を合わせて順番に鎚を振るう様子からできたものなのですよ」

「へぇ、そうなんだ」

良彦は素直に感心する。よく耳にする言葉だが、それがどういう成り立ちであるかは考えたことがなかった。

「ですので、刀工にとって鎚というものは、大切な仕事道具であり、相棒とも呼べるものなのですが……」

宗近はそっと懐を押さえると、意を決したようにそこから一挺《いっちょう》の小鎚《こづち》を取り出した。随分古いものらしく、木でできた柄の部分は黒ずんで変色し、両口の頭部分は、滑らかな錆《さび》に覆われた武骨な鉄の塊という、重量感のある印象だ。良彦が普段目にする金槌《かなづち》よりも、ひとまわりほど大きいように思えた。

「……御用人殿に何かを頼むとすれば、やはりこれ以外にはありえないのだと思います。むしろそうせよと、大神様がおっしゃっているのでしょう」

小鎚に目を落とし、つぶやくようにそう言うと、宗近は改めて良彦に目を向けた。

「私はこの小鎚を、とある方にお返ししたいのです」

「……返す？　でもそれ、仕事道具なんじゃ……」

意味を測りかねて、良彦はわずかに眉根を寄せる。

「御用人殿、順を追って説明いたします」

戸惑う良彦の代わりに、事情を知っているらしい聡哲が手を挙げて申し出た。

「宗近殿は、当時の帝《みかど》である一条《いちじょう》天皇より作刀の命を受け、一振の刀を打っています。その刀の銘は、『小狐丸《こぎつねまる》』。宗近殿が、稲荷大明神《いなりだいみょうじん》である狐神と一緒に打った刀です」

「えっ、神様と一緒に⁉」

思わず声を大きくして、良彦は聡哲に尋ねた。

「なんで⁉　刀作りってそういうもんなの？　それがデフォルト？」

「いえ、でふぉるとではありません。珍しいことです。だからこそ小狐丸のことは、界隈《かいわい》ではあまりにも有名な話なので、後世に能や歌舞伎の演目にもなっているんですよ」

「マジか……」

「当時の宗近殿には、勅令の大役に相応《ふさわ》しい相槌を振るえる弟子がおらず、住まいの近くにあった稲荷社に大成を祈願したそうです。すると稲荷大明神様が現れて自ら相槌を務めてくださったとのこと。その際に稲荷大明神様から賜ったのが、その小鎚なのです」

何度も聞いた話なのか、聡哲は淀《よど》みなく語った。その続きを、宗近が引き受ける。

「……帝に献上する刀ですから、道具も特別なものを使うようにとの計らいだったのでしょう。しかし私は刀が無事に打ちあがった後も、この小鎚をお返しすることなく使い続けてしまいました。この小鎚は、自分のために誂《あつら》えられたのかと思うほど手に吸い付き、振るえば雑念が祓《はら》われて自信が湧き、とても良《よ》い刀ができるのです。本来であれば小狐丸が完成した時点でお返しするべきであったのに、私は私欲のためにこれを振るい、結局死ぬまで手放すことができませんでした……」

宗近は、小鎚の柄をそっと撫でる。

「帝に献上した私の銘がある小狐丸は、その後行方不明となり、現存は確認されておりません。しかしながら、その他に私がこの小鎚で打った刀は、今でも複数の神社に奉納されており、御物になっているものもございます」

「ぎょぶ……ぎょぶつ……？」

聞き慣れない言葉を、良彦はくり返す。それを黄金が呆れた眼差しで眺めた。

「御物とは、皇室の所有物という意味なのだぞ」

「皇室⁉ 天皇家が宗近の刀持ってんの？」

「そうだ。おそらくは宮中祭祀《さいし》で今なお使用されている、現役の御神刀であるぞ」

現役の御神刀というパワーワードに、良彦は改めてその制作者である宗近に目を向ける。先ほど三日月宗近が国宝だと聞いた時は、それがどんなにすごいことなのか、いまいちよくわからなかったが、三日月宗近以外の刀すらそのような扱いなのだと聞かされると、宗近がどんなに優れた刀鍛冶だったのかが、改めてじわりと胸に迫ってくる。

「……しかしそのどれもが、この小鎚のおかげで打つことができた刀です。この神宝とも言える稲荷大明神様の小鎚がなければ、為し得なかったこと……」

良彦の視線を避けるように、宗近は俯《うつむ》いた。

「神として社を与えられ、祀られはしても、この名声は稲荷大明神様の小鎚のおかげなのです。本来の私の力であれば、名刀と呼んでいただける刀を生み出すことなど、不可能であったのかもしれません。今更これを稲荷大明神様にお返ししたところで、私の愚かな行為が帳消しになるわけではありませんが、それでも懺悔《ざんげ》したいのです。その後は、神の務めを辞し、幽冥へ行こうかと……」

「宗近殿！　それはしないと約束したではありませんか！」

聡哲が即座に声を上げる。

「小鎚を得る以前から、宗近殿が帝や稲荷大明神様に見込まれるくらいの名工であったという事実は、変わらないのですよ！」

「しかし……」

「そもそも刀の出来は、その小鎚ひとつで決まるものではありません。鉄の沸く温度や、炎の色の見定めも必要ですし、打ち重ねの回数や角度は経験が物を言います。それに刀の顔とも言える刃文は、宗近殿の感覚で土を置くもの。そんな風にご自分を卑下なさらないでください」

「聡哲殿……」

二人の話を聞きながら、良彦は腕を組んだ。神宝のおかげで自分の実力以上の評価をされたと、宗近が負い目に感じるのはわかる気がする。しかし確かに聡哲が言うことにも一理あった。

「稲荷大明神が、わざと宗近の下に小鎚を置いていったっていう可能性はないの？　だって小狐丸を打つためだけに貸した神宝なら、さっさと回収するでしょ？」

使われてまずいものであれば、回収しなかった方が悪いと、単純な良彦の頭では考えてしまうのだが。

「そうですよ！　やはり稲荷大明神様からの褒美だったんですよ！　だからその小鎚の力を含めて宗近殿の実力です！」

同意した聡哲が力説する。彼にとって刀鍛冶は、憧れでもあり尊敬の対象でもある。特に宗近とは親しいので、熱も入るのだろう。

「しかしその稲荷大明神は、宗近が祈念して呼び出したものであろう？　真摯な祈りに応えはしても、褒美までくれてやるというのは少々解《げ》せぬな」

足元で黄金が冷静に口にした。

「ただ、良彦の言う通り、刀ができあがった時点で回収せず、置いて行ったのであれば、宗近に使われてもかまわないという意志を汲《く》み取《と》ることもできるが……」

黄金自身も、稲荷大明神の意図を測りかねているようだった。

宗近は小鎚を抱きしめるようにしてしばらく考え込んでいたが、やがてぽつりと口にした。

「……やはりそれでも、これは稲荷大明神様にお返ししたく思います。本来であれば、弟子に伝えていくべきものだったのかもしれませんが、私の一存で一緒に墓に入れてもらいましたので、そのことも謝りたく……」

良彦は黄金と目を合わせる。自分たちからすれば、このままもらっておこうが特に問題はないような気はするのだが、本神がこう言うのだから、気が済むようにするしかないだろう。

「……わかった。じゃあ、その小鎚を稲荷大明神に返すってことでいいんだな？」

良彦の問いに、宗近は深く頷いた。同時に、宣之言書《のりとごとのしょ》にも墨が入り、この御用がきちんと受け入れられたことを告げる。

「ところでその稲荷大明神って、眷属《けんぞく》の稲荷とどう違うの？」

宣之言書《のりとごとのしょ》を確認していた良彦は、ふと気になって黄金に尋ねた。確か稲荷と呼ばれる眷属の狐たちは、宇迦之御魂神《うかのみたまのかみ》の麾下《きか》ではなかったか。

「何も違わぬ。そもそも人の子の間では、宇迦之御魂神《うかのみたまのかみ》よりも眷属の方が有名なせいで、大明神などという大層な名前が付いただけのこと」

「なるほど。じゃあとりあえず、宗近がお参りに行った神社に行けば、一緒に刀を打ってくれた稲荷大明神に会えるかな……」

その良彦の何気ないつぶやきに、宗近と聡哲がどこか物憂げに目を合わせた。

「……あれ？　もうすでに行ったことある感じ？」

戸惑う良彦に、宗近がどうぞこちらへと促して、本殿に続く坂を上り始めた。

「実は私が祈念した稲荷社は、すでに現存しません。しかしその代わりに、私の相槌を務めた稲荷——雪丸《ゆきまる》様とおっしゃるのですが、その稲荷様が、ここの摂社に祀られています」

「超ご近所にいるじゃん！　それならオレに頼まなくても、普通に返しに行けるっしょ⁉」

「しかし社ができた当初から、雪丸稲荷様はいらっしゃらないのです。代わりにいるのは、代理の稲荷で」

「代理……？」

坂を上り切った宗近は、境内の一角にある稲荷社の前へ良彦を案内した。そして朱色に塗られた戸の前で、もし、と声をかける。するとやや間を置いて、内側からするりと戸が開いた。

「よう宗近さん、なんか用かい？」

中から顔を出したのは、真っ白な毛並みを持つ狐神だった。鳥居を思わせるような朱色の水引を首に巻いて、目の周りに金色の隈取《くまどり》がある。思ったよりも砕けた口調で、ご近所さんのような気安さだ。

「お忙しいところ相済みませせぬ。以前もお話ししましたが、この度小鎚をお返しすることを、御用人殿に依頼することにいたしました」

「御用人に……？」

稲荷は宗近の後ろに立つ良彦に目を留め、さらにその隣にいる黄金に目を留めて、一瞬息を呑んだように見えた。

「あ、あんたも諦めが悪い男だね。小鎚なんかもらっといていいって言ったろ？」

「ええ……しかしどうしても気になってしまい……。それで、雪丸様のことですが……」

「前も言った通り、雪丸はあんたと刀を打った後、早々に異動になったんだ。稲荷の勤務地異動は頻繁にある。何も珍しいことじゃねぇよ。ただここには人の子が社を建てちまったんで、こうして代理を派遣してんだ。雪丸への祈りはちゃんと通じてるから安心しろ。ま、俺もそろそろ異動になると思うぜ」

両耳をやや後ろに反らしながら、稲荷は説明する。

「……稲荷って異動すんの？」

良彦は小声で黄金に尋ねる。まるで人間の会社のようだ。

「まんねりを防ぐために担当地域が変わるという話は、確かに聞いたことがあるぞ」

「マンネリって……」

神様でも惰性的になってしまうことがあるのか。

良彦は気を取り直して、一歩前に進み出た。

「いきなり来てごめんな。その雪丸っていう稲荷、どこに異動になったかわかんねぇかな？」

例えばこの代理の稲荷に預けてしまうということもできるのだろうが、宗近が今までそうしなかったところをみると、やはり自分の手で返したいのだろう。

良彦に直接問われて、稲荷はさらに大きく耳を反らした。

「そう言われても、俺は知らねぇんだよ。そもそも雪丸とは知り合いでもなかったし、人事のことは一介の狐の知るところじゃねぇよ」

「異動の発表って、メールとか来ないの？　掲示板に貼り出されたりとか」

「千年以上前の話だ。もうわかんねぇよ。――おっと、参拝客だ。悪いな宗近さん、御用人殿、こっちも仕事だ」

そう言うと、稲荷は社の中に引っ込んで戸を閉めた。良彦たちは、後から来た参拝客に頭を下げながらその場を後にする。

「ああいうわけなので、雪丸様の行方は追えずじまいで……」

自分の社の前まで戻ってきて、宗近は深々と息を吐いた。

「やはり今更、直接お会いして小鎚を返したいなど、無理な話なのでしょうか……」

宗近のつぶやきに、良彦は腕を組む。どうにかして、雪丸の行方を追えないものだろうか。

「……稲荷のことに詳しい奴に、一柱《ひとり》心当たりがある」

良彦の言葉に、黄金がピクリと耳を動かした。もしかすると彼であれば、普通の稲荷が知らないことも、知っている可能性がある。そういう独自の情報網を持っているのが彼だ。

「ちょっとそいつに訊いてみよう」

そう言って、良彦は彼を呼び出すための準備に取り掛かった。

二

「お前さん、わしのこと阿呆《あほう》やと思っとるんか」

一時間後、良彦は社近くの公園で、まんまと元稲荷であり、脱走眷属である白《はく》と再会した。

「阿呆だとは思ってない。単純だなとは思ってる」

良彦は、白が食い散らかしたカントリーマアムの袋を拾い上げる。すべて食い破られているところをみると、気に入ってくれたようだ。

「でも助かってるよ。会いたいときにはお菓子撒《ま》いときゃいいんだし」

「たまたまじゃ！　たまたま通りかかったら、お前さんの匂いのするかんとりーまあむが落ちとったから食ってやっただけじゃ！」

「実際めちゃくちゃ感心してるよ？　お菓子センサーの反応範囲ってどれくらいなの？」

「やかましいわ！」

「きのことたけのこどっち派？」

「どっちでもええじゃろ！」

「源氏パイと平家パイどっちが好き？」

「なんでどっちかを選ばすんじゃ！」

「良彦」

良彦の隣で、予備にとっておいたカントリーマアムを頬張っていた黄金が、冷静に呼びかける。その後ろでは、聡哲と宗近も珍しそうにパッケージを開けていた。

「訊きたいことをさっさと訊け。遊ぶために呼び出したのではなかろう」

チョコレートまみれの口で言われ、確かにそうだと、良彦は白に向き直る。

「ちょっと稲荷のことで訊きたいことがあってさ」

「なんじゃ、御用か？　そりゃご苦労なこって。せいぜい頑張りなはれや」

答えてやる義理などない、といった様子で、白がケラケラと笑う。彼がこういう反応をするのは予想済みだったので、良彦はあらかじめ用意しておいたブツをボディバッグの中から取り出した。

「教えてくれたら、これやるよ。カントリーマアムの季節限定味」

「……季節限定味？」

そっぽを向いていた白が、くるりとこちらに顔を向けた。

「そう、今しか食べられないやつ」

良彦はパッケージにある、季節限定という文字を指さす。それを見た白の目の色が露骨に変わった。さらに関係ないはずの黄金も身を乗り出す。

「難しいことじゃねぇよ。約千年前、そこにいる三条小鍛冶宗近さんと一緒に刀を打った、雪丸っていう名前の稲荷を捜してる」

それを聞いて、白が初めて宗近に目を向けた。元眷属からの視線を受けて、宗近が頭を下げる。

「いるはずの社に雪丸はいなくて、代わりにいた稲荷に訊いたら、異動したって言うんだよ。でも転属先はわからないって。お前、なんか知ってる？」

良彦の顔と、カントリーマアムの袋を何度か見比べて、白は仕方ないと言わんばかりに鼻を鳴らした。

「知らん。知らんが、んなもん人事課の端末にあくせすしたら一発じゃ」

「人事課の、端末……？」

急に世俗的な言葉が出てきて、良彦は問い返した。

「外回りの奴は、そこにあくせすする権限がないんじゃ。一応人事異動の情報は、その課の奴しか見れんかったはずじゃし。ま、手っ取り早いんはボスに訊くことじゃけどな」

「ボスっていうと……」

「宇迦之御魂神《うかのみたまのかみ》様じゃ」

良彦は黄金と目を合わせた。数多の稲荷を統率しているボスに尋ねるというのは、確かに最短ルートではある。

「ただ、すんなり会えるかどうかはわからんぞ。お忙しい方じゃし、身内やろうとびっぷやろうと、あの方は自分の仕事が優先じゃ」

良彦が宗近の顔を見やると、彼は決意を込めるようにして頷いた。見えている活路があるなら、まずはそこに踏み込んでみるべきだろう。

「わかった。じゃあ宇迦之御魂神《うかのみたまのかみ》に頼んでみるよ。どこに行けばいい？　やっぱ伏見のあそこ？」

京都の有名すぎる観光地であり、稲荷社の総本社である伏見の社は、良彦も何度か訪れたことがある。

「確かにあそこじゃが、正面切って本殿で呼んだところで、出てきやせんぞ。社の業務は、全部稲荷で分業化しとる。人の子の祈りの声は、その日の最終報告でまとめられて宇迦之御魂神《うかのみたまのかみ》様に届くんじゃ」

「え、てことは本殿にいないの？」

「神に対して、おる、おらんを言うんはなんせんすじゃが、本殿で呼ぶよりもっと早いやり方があるっちゅう話よ」

白はしばらく思案するように小首をかしげ、話すより行った方が早いわ、とぼやいて腰を上げる。

「あんま行きたくないんじゃけど、しゃーないな」

気分を切り替えるように体を震わせると、白は良彦たちについてくるよう言って歩き出した。

⛩

「稲荷の人事管理しすてむは、宇迦之御魂神様《うかのみたまのかみ》がお作りになったんじゃ。何しろ稲荷社は全国に約三万社あって、そこに派遣する稲荷狐の数は膨大じゃしな。それに加えて、稲の実りを調査する部署もある。効率よく仕事ができるよう、人の子の技術も取り入れはって管理しとる」

どうか宗近殿のことをよろしくお願いします、と念を押す聡哲と別れ、白に連れられてやってきた伏見の社は、平日だが参拝客は多く、外国人の姿もあった。一の鳥居をくぐった後は本殿まで緩い上り坂になっており、この社が稲荷山《いなりやま》の麓にあるのだと良彦は再確認する。絢爛豪華《けんらんごうか》な朱塗りの楼門前には狛犬《こまいぬ》ではなく狛狐の像があり、その前で写真を撮っている者も多い。白は釣灯籠《つりどうろう》のある外拝殿や本殿は無視して、本殿横の授与所前を通って裏に回り込む。大きな鳥居が建ち並ぶ道を進み、いつの間にか右側通行のルールができた千本鳥居を抜け、有名なおもかる石のある奥社奉拝所も素通りし、先へ進んだ。

「久々に来たけど、普通に山道なんだよなぁ」

良彦は周囲を見回しながら白の後を追う。何度も来たことのある場所だが、連なった鳥居を目にすると、否応《いやおう》なく神域に来たのだという気分になった。奥社奉拝所から先は途中から下り坂になり、そのうち本殿の方へ引き返す道と、御山巡りを続ける道の分岐点へ出る。白は迷うことなく、山頂へ続く鳥居の連なる道を選んだ。

「ああ、猫がいますね」

参道の脇に鯉《こい》の泳ぐ小川を見ながら先に進み、コンクリートの道が上りの石段に変わる頃、右手に無数の塚が姿を現した。その一角を、宗近が指さす。

「たくさんいますね。この辺りが涼しいのでしょうか」

この辺りの塚は主に明治から大正時代にかけて、個人が信仰する神をこの山で祀るために置いたものだ、と良彦は聞いたことがある。いわゆる民間信仰の神が多く、聞き慣れない神名を刻んだ依り代が目立った。石灯籠や瑞垣《みずがき》は苔《こけ》むして、陰影の中に静かに佇んでいる。

「御用人殿は犬派、猫派、どちらですか？」

ふと思いついたように宗近が尋ねた。

「そうだなー、どっちもかわいいけど、あえて言うなら犬派だな。宗近は？」

「私も実は生前から犬派で。飼っていたこともあるんですよ。とても賢い子で、私が仕事をするのを傍で大人しく見ていました」

「へぇ、そうだったんだ。……ていうかちょっと待って」

ほのぼのした会話を打ち切り、良彦は改めて周囲を見回す。

「どこに猫がいんの……？」

良彦の目には、湿り気を帯びた石段や、角に吹き溜《だ》まった枯葉などは映るものの、肝心の猫の姿は一向に見つけられない。

「今、御用人殿の足元にもおりますが……」

「えっ」

宗近に言われて、良彦は慌てて目線を下げた。が、やはりそこには地面があるだけだ。

「そりゃそうじゃろ、お前さんには見えんわ」

先を歩いていた白が振り返る。

「この山にゃあ本物の野良猫も多いが、それに交じって塚猫《つかねこ》もおる」

「塚猫？」

聞き慣れない言葉に、良彦は首を傾げる。

「死してなお、ここに留まるか」

猫がいるらしき方向を眺めて、黄金がつぶやいた。

「別に未練があるわけでもないんじゃろうけどな、近隣で死んだ猫はここに集まって、気が済んだら幽冥へ還《かえ》って行くんじゃ。あんまり構わん方がええぞ。ちゅ～る置いてけって言われるだけじゃ」

そう言って、白は再び石段を上がっていく。

「御用人殿、ちゅ～るとは何でしょうか」

歩き出した良彦の後ろから、宗近が興味深く尋ねる。

「猫が目の色を変えるおやつ……かな」

「美味いのですか？」

「どうだろうな。食ったことないからわかんねぇ」

そもそも猫のことにはあまり詳しくない。そういえば居候も姿はイヌ科だ。

白の尻を見ながら石段を上り終えると、一気に視界が広がった。正面にある朱色の瑞垣の向こうは、池になっている。右に行けば塚群、左に行けば御山巡りの順路だ。立ち止まると邪魔になってしまうほど、通路は狭い。

「目的地って、ここの社？」

良彦は、売店のちょうど正面にある社を見上げた。いくつもの蠟燭《ろうそく》が捧げられ、炎が長く伸びる様は、神社というより寺の雰囲気に近い。その奥には狐の石像と、鏡が祀ってあった。

「いや、目的地はこの社の裏じゃ」

白はそう言って、社と瑞垣の間の狭い空間を進んでいく。社は池の上に突き出るような形になっていて、瑞垣の向こう、下方にはすぐに水面が見えていた。白は良彦を社の真裏まで連れてくると、池に面した瑞垣の一部を前足で押した。すると瑞垣が扉のように開く。

「じゃ、こっから飛ぶぞ」

「は？」

当然のように言われて、良彦は問い返した。

「どこに？」

「池に」

良彦は白と見つめ合ったまま、数秒頭の中を整理した。水遊びの季節はとっくに過ぎた上に、深さもわからない濁った池に飛び込む酔狂さは持ち合わせていない。

「しょうがないじゃろ、ここがこんとろーるせんたーへの入口なんじゃ。文句があるなら宇迦之御魂神《うかのみたまのかみ》様に言うてくれ」

「待って、コントロールセンターって何⁉」

「行きゃわかる。ほれ」

「え、ちょ――」

問答無用で白に押し出され、良彦はあっさり空を舞った。そしてそのまま頭から水面に落ちる。その衝撃と水の冷たさを、確かに感じたはずだった。

「……こ、良彦」

しばらくして、良彦は脛《すね》の辺りに黄金の頭突きを受けて目を開いた。

「お前の目の精度を上げておいた。これで不自由なかろう」

そこには燦燦《さんさん》と陽光が差し込む広い空間があった。天井を見上げると、自分が飛び込んだはずの水面が見える。ちょうど水中から見上げているような形だ。しかし息もできれば、水の中にいるような感覚もない。周囲には応接セットのような、木目の美しい卓がいくつか並び、そこに腰掛けて何やら話し込んでいる稲荷の姿があった。目隠しと間仕切りのために榊《さかき》の鉢植えが置かれており、狐の体高に合わせたウォーターサーバーもある。足元は、爪と肉球に優しそうなクッション材だ。

「……なにここ……」

一体どこの大企業のロビーだ。

良彦は呆然と周囲を見回す。円形状の空間は、壁の一部がガラス張り――あるいは外の景色が見える特殊な壁になっており、そこには植物園などにありそうなビオトープが広がっていた。

「まさか稲荷山の中に、このような……」

宗近があまりの驚愕《きょうがく》に、喉の奥で唸《うな》る。

「……黄金、お前稲荷山の中がこんなになってるって知ってた……？」

もはやどこぞのＩＴ企業に来た気になっている良彦は、足元の狐に尋ねた。

「いや、噂《うわさ》には聞いていたが、これほどまでとは……」

黄金が耳を反らしながら呻《うめ》いた。占い神であればあるほど、カルチャーショックを受けるかもしれない。

「なにぼーっとしとんじゃ、行くぞ。ただ言っとくがわしは、直前まで案内するだけじゃぞ。宇迦之御魂神《うかのみたまのかみ》様に直接会ってもーたら、寿命が縮むわ」

　さすがに二回も脱走すると、元主には会いにくいのだろう。白に促され、良彦は中央にある受付カウンターへと向かう。そこには首に桃色の水引を巻いた稲荷が待機しており、各部署や客人の取次ぎをしているようだった。

「御用人御一行が、宇迦之御魂神《うかのみたまのかみ》様に面会希望じゃ。おられるじゃろ？」

　白は慣れたように受付の稲荷へ話しかける。

「アポはお済みですか？」

　にこやかに問い返され、良彦はひそかに冷や汗をかいた。本当に企業のような対応だ。

「お済みなわけないじゃろ。さっき来ること決めたんじゃしな」

「では申し訳ありませんが、アポをお取りになってからのご案内になりますので……」

「今取れるんか？」

　白の尻尾が、苛立《いらだ》たしげに床を叩く。それを見て、良彦は思わず前に出た。

「手順がわかってなくてすみません。宇迦之御魂神《うかのみたまのかみ》様に会うにはどうしたらいいですか？」

　現在フリーターではあるが、一応社会人経験もある。今のアルバイトでは、大きな企業の入っているビルへ清掃に行くことも多く、こういったやり取りには白よりも免疫があった。

受付の稲荷は良彦を一瞥《いちべつ》したあと、何やら同僚と小声で話したのちに、前足で目の前の空間を叩いた。するとそこに、ホログラムのような画面が現れる。

「ではまず、こちらの画面にお名前と、ご面会内容を記載していただけますでしょうか」

タブレットどころか、デバイス機器さえない宙に浮く画面に、良彦は息を吞む。完全にSFの世界だ。

「すげぇ……ゲームで見たやつじゃん……」

「これ書いたらすぐ会えるんか？　どうせ人事課におるじゃろ」

感動している良彦をよそに、白がせっかちに尋ねた。

「こちらでスケジュールを確認いたしますので、それまでロビーでお待ちいただくようになりますが――」

「あーもう面倒くさい面倒くさい！」

白は前足でカウンターを叩くと、やれやれと首を振る。

「そんなん待ってたら陽が暮れるわ。ちっと会うだけじゃ。勝手に行かしてもらうわい」

「あ、おい白！」

良彦の制止も聞かず、白はカウンターの奥にある通路へ強行突破しようとした。すると途端に、けたたましい警報音が鳴り響き、床からぶ厚い壁がせり上がってきて白の行く手を阻んだ。しかもその壁には丸い排出口がついており、そこから黒い塊が連続して発射されたかと思うと、それらは床に落ちた瞬間に黒い狐の姿となり、あっという間に白を取り囲んだ。

「ほう、玄狐《くろきつね》までおるか」

黄金が感心した様子で口にする。

「クロキツネって何⁉　セコム⁉」

「あるそっくやもしれんぞ」

壁から現れた玄狐たちは、呆然としている白に向かって複数の網を発射し、本物の狐を捕らえるかのようにして捕獲する。

「なんじゃこりゃー！　わしゃ一応須佐之男命《すさのおのみこと》様の麾下じゃぞ！」

白が網の隙間から、自身の青い首緒を見せつけるが、玄狐の一柱は、呼び出したホログラム画面を冷静に眺めて、白の情報を照会しているようだった。

「二度の脱走歴に加えて、コントロールセンターへの三度の無断侵入。うち一度は、塚を経由して非常口からの侵入で、窓口にいた元同僚を言いくるめて強行突破。常習犯だな」

白ならばやりそうだ、などと考えていた良彦は、我に返って玄狐へ近づく、元はと言えば、アドバイスをもらおうとして呼び出したのは自分だ。

「あのー、すみません。そいつオレの連れなんです。ちゃんと見張っておくんで、解放してもらってもいいですか？」

恐る恐る声をかけると、画面を開いていた玄狐が振り返り、良彦を上から下まで珍しそうに眺めた。

「生きている人間がここに入ってくるとは……」

「あー、オレ御用人なんで、一応……」

「御用人？」

玄狐は訝《いぶか》しげに言って、隣にいる黄金にも目を向ける。

「もしや、方位神様？」

「左様」

黄金がゆっくりと尻尾を揺らす。やはりここでも黄金の名は知れ渡っているようだ。

「その方位神は西の金龍で、わしの昔なじみじゃ！　はよこれ取らんかい！」

網の中で白が喚《わめ》いた。

玄狐は一瞬困ったような顔をしたが、すぐに業務を遂行する者の顔になって告げる。

「いくら御用人や金龍様の連れといえど、規則に従っての引き渡しになります」

「き、規則って……？」

「まずは身元の確認、そして動機の調査、それから――」

「なんの騒ぎだ」

一瞬にして空気が変わるのを、良彦は感じ取った。

水面を介して差し込む陽の光が、そこに立つ彼女を神々しく照らし出している。前髪を切りそろえた長く艶やかな黒髪と、体のラインに沿った真っ赤なスーツとハイヒール。長いスリットの入ったロングスカートから出た脚は雪のように白く、爪と唇もスーツと同じくらいの赤に染めて、切れ長の妖艶な眼差しが良彦を舐めた。

「お帰りなさいませ」

受付の稲荷が全員立ち上がって口を揃《そろ》え、頭を下げて彼女を迎える。網の中で白が、ヒッと息を呑んだのがわかった。

「……もしかして……宇迦之御魂神《うかのみたまのかみ》……？」

良彦は咄嗟《とっさ》に後ずさる。その美貌以上の、何か言い知れぬ圧があるのだ。良彦の隣で、宗近は早々に平伏《へいふく》した。

「見慣れぬ人の子よ。誰の手引きでここへ入った？」

ハイヒールの踵《かかと》を鳴らして、宇迦之御魂神《うかのみたまのかみ》が良彦と距離を詰める。長い髪をなびかせながら彼女が近づいて来るほど、百七十センチ以上ありそうな長身の姿に、良彦はよく知る別の女神を思い出した。

「あ、そうか……。宇迦之御魂神《うかのみたまのかみ》と須勢理毘売《すせりびめ》は、姉妹か」

母は違うが、二人とも須佐之男命《すさのおのみこと》の娘だ。雰囲気が似ていて当然かもしれない。

良彦の言葉に、宇迦之御魂神《うかのみたまのかみ》がふと足を止める。そして冷静に、良彦の足元にいる黄金に目を留め、その向こうで網に捕らわれている白にも目を向けた。それだけで、大体の事情を把握したらしい。

「……なるほど。そなた御用人か」

真っ赤な唇が、面白がるようにつり上がった。

⛩

「つまり宗近の御用を遂行するための情報が必要で、うちに来たということね」

宇迦之御魂神《うかのみたまのかみ》は良彦たちを応接室へと招き入れ、呼び出したホログラム画面で監視カメラの録画映像を見ながら、事の成り行きを聞いた。

「わざわざ白ちゃんに頼まなくとも、黄金様と御用人の頼みであれば、本殿に出ましたのに」

宇迦之御魂神《うかのみたまのかみ》は隣に座らせた白の頭を、ぽふりぽふりと撫でながら微笑む。手つきは優しいが、白は先ほどから白い顔をさらに白くして、小刻みに震えている。恐怖か緊張か、もしくはその両方か。彼の心情は想像に難くない。

「すまぬな。稲荷のことには疎いゆえ、軽々にこやつを頼ってしまったのだ」

黄金にこやつ呼ばわりされても、白は反応しなかった。ただ無心に時が過ぎるのを待っている。もしかすると若干気絶しているのかもしれない。

「御用人の話は、兄からもよく聞いているわ」

こちらに話を振られて、良彦は白から視線を戻した。

「兄……、兄っていうと……？」

「大年神《おおとしのかみ》だ」

黄金が呆れ気味に告げる。

「そういや須勢理毘売《すせりびめ》も、大年神《おおとしのかみ》のこと兄って言ってたな」

ぼんやりした記憶を、良彦は頭の中から引きずり出した。神様の系図はややこしすぎて、未《いま》だに頭には入らない。

「宇迦之御魂神《うかのみたまのかみ》様」

開いたままにしていたホログラム画面から呼びかける声がして、宇迦之御魂神《うかのみたまのかみ》はそちらに目を向けた。

「御準備が整いました」

「ありがとう」

短く返答し、宇迦之御魂神《うかのみたまのかみ》は指先で画面を二度叩いて空間へ格納する。

「では行きましょうか」

「……どこに？」

良彦は素直に問い返した。雪丸の情報は、たった今格納した端末では見られないのだろうか。

「せっかくお越しになったんだもの。うちの人事課をお見せするわ」

「ボスが直接案内してくれんの？」

「頼って来られたんだから、当然でしょう？　ねぇ？」

宇迦之御魂神《うかのみたまのかみ》が、宗近にも同意を求めるように小首をかしげる。

「重ね重ね有難《ありがた》き事でございます……」

宗近が涙ぐみながら手を合わせた。元人間である彼にとって、稲荷を統率する宇迦之御魂神《うかのみたまのかみ》との面会は、良彦と同じかそれ以上の衝撃があるのかもしれない。

「白ちゃんはどうする？　一緒に行く？」

微笑んで問われ、白はぎこちなく口を動かした。

「か、帰ります……」

「あらー、残念ねぇ。お父様によろしく伝えてちょうだい」

頭を撫でていた手が白の首にまわり、青い首緒を確認するように締め直した。そして宇迦之御魂神《うかのみたまのかみ》の手が離れた直後、弾丸のような勢いで白が部屋を出て行く。

「あ、待て！　カントリーマアム！」

良彦が戸口でパッケージをかざすと、同じくらいの速度で戻って来た白がそれを咥《くわ》え、そのまま天井まで駆け上がって姿を消した。

「全部やったのか？」

呆然と天井の辺りを見つめていた良彦に、黄金が恨めしそうに尋ねた。

「……あとで買ってやるから」

「お前がそう言うのならもらってやらなくもない」

「黄金様、御用人殿、行きますよ」

宇迦之御魂神《うかのみたまのかみ》に促されて、良彦たちは稲荷山の中枢へと踏み込んだ。

⛩

「この先にあるのは人事部と総務部。あと向こう側に経理部もあって、そこでは全国の米の出来高を管理しているわ」

壁も床も繋ぎ目のない、一枚板《モノリス》で覆われた通路を歩きながら、宇迦之御魂神《うかのみたまのかみ》はさらりとそんな説明をした。

「米の出来高を管理って、そんなことでき——そうか、神様だもんなぁ……」

良彦はしみじみとつぶやく。もはや農林水産省は、ここと組んだ方がいいのではないか。

「ここのコントロールセンターは、宇迦之御魂神《うかのみたまのかみ》が作ったの？」

良彦の問いに、宇迦之御魂神《うかのみたまのかみ》は頷く。

「なにせ稲荷の数が多いでしょう？　いくら私が宇迦之御魂神《うかのみたまのかみ》とはいえ、アナログで管理するには限界があると思ったのよ。だからちゃちゃちゃっとね」

「ちゃちゃっと……」

決してそのような擬音で済ませられる規模ではないと思うのだが、これが神の力なのか。

「人事部は特に気合を入れて作ったのよ」

良彦には同じような壁にしか見えない場所で立ち止まり、宇迦之御魂神《うかのみたまのかみ》は手をかざした。すると壁の一部が溶けるように姿を消し、部屋への入口が現れる。

「どうぞ」

にこやかに促されて人事部のフロアへと立ち入った良彦は、目の前に広がった光景に、宗近とともに愕然とその場で立ち尽くした。

体育館二つ分はあろうかという広大な部屋は、五階層の吹き抜けになっている。その中央に八角形の瓦屋根を持つ構造物があり、その円柱状の外壁にはモニター画面が並び、忙《せわ》しなく画面が切り替わっては、数字の羅列や景色、または通信しているらしい稲荷の姿を映し出していた。それを見上げながら、あるいはフロアを歩き回りながら、首に橙色《だいだいいろ》の水引を結んだ稲荷たちが、目の前に浮き出たホログラム画面に向かって口頭で指示を出したり、肉球で画面をタッチしたりしている。固定のデスクはなく、ランダムに配置されたカラフルなソファや、ビーズクッションなどに身を沈めながら仕事をしている者もいた。フロアの両脇には、階層部分へ上るための朱塗りの螺《ら》旋《せん》階段があり、手《て》摺子《すりこ》部分には立体的に彫られた五色雲に乗る、今にも動き出しそうな狐の装飾があった。

「……ここ……グーグル本社だっけ？」

良彦はぼそりとつぶやいた。ロビーもＩＴ企業感があったが、ここはそれ以上だ。しかもそこに伝統の建築や、神社で見かけるような意匠の細工が組み合わさっているので、仮想世界にいるような気分になる。

「御用人殿、見てください」

宗近がふと指をさして天井を見上げた。

「先ほどの入口と同じです。どういう構造なんでしょうか……」

外国の大聖堂を思わせる高い天井には、朱色の格子が組まれており、緩やかに弧を描いている。そして格子の向こうは、なぜだかゆっくりと雲の流れる青空が透けていた。もはや自分たちがどこにいるのかよくわからない。

「あちらに並んでおる本はなんだ？」

黄金が階層の方を指して尋ねた。二階から五階まで、どの階層にもびっしりと黒檀《こくたん》の本棚が置かれており、そこに和綴《わと》じの冊子が規律正しく並べられていた。何柱かの稲荷が、そこを忙しく歩き回っている。つられてそちらに目を向けた良彦は、稲荷の中にやや体格の大きい者や、茶色い毛並みの者がいることに気付いた。

「あれ？　あそこにいるのってちょっと違う種類の稲荷――」

そう言いかけた良彦の視線を遮るように、宇迦之御魂神《うかのみたまのかみ》が体を割り込ませる。

「あそこにあるのは古い資料よ。まだ全部をデジタル化できていないの。いやだわ、恥ずかしいからあまり見ないでくれる？」

にっこりと笑ってみせる宇迦之御魂神《うかのみたまのかみ》の後ろを、傍に控えていた目の周りに炎のような隈取のある稲荷が、弾《はじ》かれたように階層へ向かって走っていく。

「それより他に質問はないかしら？　今なら何でも答えるわよ」

良彦たちの気を引くように、宇迦之御魂神《うかのみたまのかみ》が口にした。とにかくあちらはあまり見せたくないらしい。

「ここで働いてる稲荷って、何柱くらいいんの？」

気を取り直して、良彦は尋ねる。

「だいたい五百くらいかしら」

「五百!?」

「日勤の子もいれば、夜勤の子もいるわ。なにせ全国三万社の稲荷の社を管理する必要があるから、これだけいても常に人手不足なのよ。内勤してるのは忠実で賢い子を選んでるから、誰でもいいってわけにもいかないし」

宇迦之御魂神《うかのみたまのかみ》は細い腰に手を当てて、やれやれと息を吐く。

「……オレが入ったら、絶対外回りだな……」

良彦はぼそりとつぶやく。『忠実』はまあまあ守れるかもしれないが、『賢い』にはあまり自信がない。

「……私がお世話になった雪丸稲荷様も、きっとこの中のお一柱《ひとり》だったのですね」

小鎚が入っている懐に手を置き、宗近が当時を振り返るようにつぶやいた。

「ああ、そうそう、知りたいのはその雪丸っていう稲荷のことだったわね」

宇迦之御魂神《うかのみたまのかみ》が思い出したようにホログラム画面を操作し、掌をかざしてロックを解除しながら情報を探した。

「……確かに、三条小鍛冶宗近と刀を打ったという稲荷はいるようね。こちらから宗近の下へ派遣したっていう記録が残ってるわ。雪丸……。そうね、その名前の」

画面を見つめながら、宇迦之御魂神《うかのみたまのかみ》は思案するように顎に手を当てる。

「でもその後のことはわからないわね」

「宇迦之御魂神《うかのみたまのかみ》でも見られないデータなの？」

良彦は尋ねる。ここのボスである彼女が見られないのなら、一体他に誰が見られるというのか。

「というか、そもそも雪丸の詳細なデータがないのよ。千年以上前なら、デジタル化する以前に破棄された可能性もあるわ。そうしないと溜まっていく一方だもの」

ほら、と宇迦之御魂神《うかのみたまのかみ》は画面を良彦に見せた。確かにそこには、先ほど宇迦之御魂神《うかのみたまのかみ》が語ったこと以上の情報は記載がなく、空欄が多い。

「異動したか、転職したか、引退したか……。当時は一柱の稲荷についてそこまで記録も残していないし、これ以上は追えないわね」

「会えばわかると思うのですが、可能性のある稲荷様はわからないでしょうか」

食い下がるように、宗近が身を乗り出した。

「相槌を務めてくださった雪丸様は、まるで長年私の仕事を見ていたかのような手腕でした。呼吸がずれることもなく、今でもあの鎚の音を覚えています……。もしかしたら、長いこと三条の辺りをお見守りくださっていた方かもしれません」

「捜し出してあげたいのは山々なんだけど、その条件に該当して、なおかつあなたと刀を打ったっていう稲荷のデータがないのよ」

宇迦之御魂神《うかのみたまのかみ》が残念そうに口にする。

神でさえ万能ではない。たとえそれは、数多の狐神を麾下とし、立派な社殿に祀られる彼女であっても同じことだ。

「あなたさえよければ、その小鎚を私が預かって、雪丸が見つかり次第返すこともできるわよ？　持っていることで気に病むのなら、手放した方がいいんじゃない？」

宇迦之御魂神《うかのみたまのかみ》に言われて、宗近は迷うように視線を揺らした。確かに彼女に預けてしまった方が、雪丸の手に渡る確率は高いのかもしれない。

「……お気遣いは大変有難く、畏れ多いことですが……やはり私は、自分の手で返したく思います」

宗近が、直垂越しに小鎚に触れる。神からの申し出を断る不敬をわかってなお、彼にとってはそれほど思い入れの強いものなのだ。

「そう、わかったわ。雪丸のこと、何かわかったら知らせるわね」

宇迦之御魂神《うかのみたまのかみ》はあっさり引き下がり、画面を空間へ格納した。

「大丈夫、振り出しに戻っただけだ。何もマイナスにはなってない」

残念そうに息をつく宗近の肩へ、良彦は励ますように手を置く。

「……そうですね」

宗近が力なく笑ってみせる。こちらも無理矢理笑い返しておいて、良彦は今後の策を思案した。

「でもなんか、引っかかるんだよな……」

薄らと抱く疑問を、良彦は口の中でつぶやく。

これだけの規模のコントロールセンターを作り、全国の人事異動にも対応しているというのに、雪丸が転職したか引退したかすらわからない——つまり、所属しているかどうかもわからないなど、そんなことはあるのだろうか。

「宇迦之御魂神《うかのみたまのかみ》様……」

先ほど階層へ駆けあがっていった稲荷が息を切らしながら戻ってきて、宇迦之御魂《うかのみたまの》神《かみ》に何やら耳打ちする。その様子を目の端に留めて、良彦は再度二階に目を向けた。先ほどそこにいた稲荷の姿は、いつのまにか一柱も見えなくなっている。

格子の天井からは、ただ穏やかな秋の陽が降り注いでいた。

三

先帝の突然の出家により、数え年七歳で即位した新帝（後の一条天皇）は、藤原氏の庇護《ひご》——実権を握られていたとも言う——を受けながら、どうにか浮世を泳いでいた。文芸に深い関心を示し、音楽にも造詣が深く、温和で学ぶことを厭《いと》わなかったという帝について、宗近はそれほど詳しいわけではない。同じ京の都に暮らすとはいえ、内裏と外では天地の違いだ。刀工として名を馳《は》せつつあった宗近ではあったが、おいそれと帝にまみえるような身分ではない。だからこそ、帝の勅使として橘道成《たちばなのみちなり》が宗近の下を訪れ、帝のための護《まも》り刀を打つよう告げたときは、何かの間違いではないかと畏れ多く、訝しんだ。おまけに時を同じくして、信頼している愛弟子《まなでし》が里帰りをしており、相槌を任せられる相手がいなかったのだ。愛弟子がいつこちらへ戻るのかもわからず、勅使にはやんわりと返答を渋ったが、あちらは頑として譲らなかった。帝からの命となれば、勅使も手ぶらで帰るわけにはいかないのだろう。

「さて、どうしたものか……」

結局引き受けざるを得なくなって了承したものの、勅使が引き上げた後で、宗近は頭を悩ませた。帝のための刀となれば、相槌も相応の腕が必要だ。宗近の技術とやり方を理解し、思い通りの鎚を振るってくれる相手など見つかるだろうか。

「しかし旦那様、これは御神からの思《おぼ》し召《め》しかもしれませんよ」

悩む宗近に、妻がそんなことを言った。その膝には、三歳になる娘を抱えている。

生まれた時から病弱な我が子のために、これまでも何度か神々へ祈願をしてきた。帝へ刀を献上したとなれば、宗近の評判も今以上に立つ。娘にしてやれることも増えるだろう。

「……そうだな」

宗近は愛おしく娘の髪を撫でた。半年前、独身時代から飼っていた犬を亡くし、それからずっと、胸にぽっかりと穴が開いたように感じていた。それを仕事で塞ぐのも悪くはないだろう。

「稲荷大明神へ参ってこよう。何かいい知恵をお授けになってくださるかもしれない」

宗近はその足で、慣れ親しんだ稲荷の社へ向かった。刀を打つ前の神詣は常であり、わざわざ神域で汲《く》んだ清水を焼き入れに使うこともある。刀というものは、それほど神聖なものでもあった。

しかし神前へとたどり着く前に、宗近は白い水干姿の見慣れぬ童子に声をかけられたのだ。

宗近が何を祈るのか、すべてを見透かした様子で彼は言った。

「今宵《こよい》そなたの下へ、狐の相槌が届くでしょう」

その日の夜、半信半疑ながら身を清めて正装した宗近は、不浄を払う注連縄を張り、稲荷大明神の絵を掲げ奉り、祈りの言葉を口にしながらその時を待った。すると間もなく、まるで夜空を雲が揺蕩《たゆた》うような静けさとともに、稲荷大明神は現れた。六尺はあろうかという姿に、陽の光を縫い込んだような錦も鮮やかな狩衣《かりぎぬ》を纏《まと》い、朱色の隈取がある狐の面をつけていた。

あまりの神々しさと畏れのために平伏する宗近へ、稲荷大明神はそっと近づき、その肩に手をかけて面を上げさせると、一挺の小鎚を差し出した。

「……これを、使えと……？」

宗近の問いに、稲荷大明神はゆっくりと首肯した。

その日から、稲荷大明神は陽が落ちると宗近の下を訪ねてきて刀を打ち、朝になると帰っていくことを繰り返した。その間、稲荷大明神が声を発することは一度もなかったが、わずかな身振りひとつで、宗近は不思議と大明神の言いたいことを理解することができた。

稲荷大明神は、神といえど決して偉ぶることもなく、宗近が鉄の沸く音に耳を澄ますときは微動だにせず、赤めた鉄の様子を見るときには興味深げに見守った。振り下ろす鎚の一振り一振りに丁寧さと力強さがあり、宗近が刀に込める想いの、さらに上から包み込むような愛情深さがあった。

これは一体、どういうことだろう。

宗近が小鎚を、稲荷大明神が大鎚を交互に振り下ろすごとに、宗近の胸は懐かしさで満たされていく。

はた、と小鎚が鳴れば、
ちょう、と大鎚が応える。

それだけで、まるで長年連れ添った友と会話しているような気分になった。

やあ、いい夜だ。

美しい月が出ている。

娘の具合はどうだい？

最近は顔色もよさそうだ。

稲荷大明神の表情が変わらぬ狐の面でさえ、宗近には饒舌《じょうぜつ》に語りかけてくるように思えた。

ええ本当に、いい気候になりました。

月の光で刀の地金が冴《さ》えるようです。

娘も随分丈夫になりました。

神恩の賜物《たまもの》でございます。


稲荷大明神から賜った小鎚は、初めて使った時から、信じられないほど宗近の手に馴染んだ。まるで大明神が、宗近のために特別に誂えたかのように。

「なんだかとても、不思議な心地がいたします」

小休憩の際に、宗近はふと大明神に語り掛けた。

「確かに刀を打っているのに、稲荷大明神様と語らっているような気分になるのです。ずっとこうしていたいような、けれどずっと前からこうしていたような……。まるで昨日と明日が溶け合って、鋼の中に折り重なっていくように、現在《いま》がわからなくなる心持ちで……」

そう口にした後で、宗近はハッとして頭を下げた。

「申し訳ありません。語らうなど、無礼なことを」

稲荷大明神は気にするなと言うように小さく首を振り、代わりに工房の入口から見える場所に置かれた、人頭大の石を不思議そうに指さした。

「ああ、あれは墓なんです。半年前に飼い犬が死んでしまって……。いつもあそこにいて、私の仕事を見ていたものですから、墓もあそこに作りました。本来、穢《けが》れが工房の近くにあることはよくないのですが……、見守ってくれている気がして」

墓石の近くには、娘が供えた一輪の小さな花があった。彼女にとっても、よき友人だった犬だ。

「私の老いた母と歩調を合わせて歩くくらい優しく、娘を見守ってくれる目は穏やかで、私の愚痴をわかっているような顔で聞いてくれる賢い子でした。彼がいなくなってから、どうも寂しくていけません。もっとこうしてやればよかった、ああしてやればよかったと、足りなかったものが浮かぶばかりで」

宗近は苦笑する。犬の寿命など、人より短いことはわかっていたはずなのに、いざその時を迎えると、自分でも驚くほど落ち込んでしまった。

「申し訳ありません、余計な話をしてしまいました」

宗近は再度頭を下げ、作業を再開しようと腰を上げる。

稲荷大明神はしばらく墓石に目を向けたあと、ゆっくりと立ち上がって、宗近のために鎚を握った。

そうして神と人の手により、二十日間をかけて帝のための刀は打ちあがった。

刀の茎には、表に宗近の名を切り、裏には「小狐」という銘を切った。六尺はあるかという大きな稲荷大明神であるのに、「小」と記すのは謙遜だ。そのくらい控えめで、あくまで宗近を立てようとする神だった。

宗近は、見事な一振りができたことに確かな達成感を覚えていたが、同時に言いようのない寂しさに襲われていた。刀が出来上がった以上、明日からはもう、稲荷大明神は訪ねてこない。そう思うと、泣きたくなるほど胸が締め付けられるのだ。

「稲荷大明神様……、この二十日間、何にも代えがたい時でございました」

涙をこらえながら宗近が礼を言うと、稲荷大明神も、どこか思いつめた様子で宗近を見つめた。

「無礼を承知でお尋ねいたしますが、もしもこの宗近に明かしてもよいお名前があるなら、お教えいただけないでしょうか。末代に渡り、お祀りいたします」

そう問うと、稲荷大明神は少し迷う素振りを見せた。そしてやがて意を決するように胸に手を置くと、初めてその名を声にした。

「――雪丸と申す」

思っていたよりも若い男の声だった。

雪丸はそれだけを告げると、振り切るように身を翻し、朝焼けに染まる朱色の空へ溶けるように消えたのだ。

一挺の小鎚を、宗近の工房に残したまま。


良彦と別れて社に戻って来た宗近は、小鎚を手にして当時のことを懐かしく思い出した。

「……もう一度お会いすることは叶わぬのでしょうか」

近頃では記憶もおぼつかなくなり、彼との思い出も薄れつつある。

「……なぜこの小鎚だけ、置いて行かれたのですか……？」

千年以上前の記憶は、その手にしようとした途端に、脆《もろ》い砂城のように崩れ去った。

稲荷山から自宅へと帰ってきた良彦は、雪丸という稲荷についてネットで検索を試みたが、宇迦之御魂神《うかのみたまのかみ》でさえ情報がないと言っていた通り、摂社の御祭神としての雪丸稲荷の情報しか出てこなかった。一方、宗近が稲荷大明神と一緒に小狐丸という刀を打ったという話は、聡哲が言う通り能や歌舞伎などの演目にもなっており、現在でも演じられることがあるようだった。

「まあでもさすがに、小鎚を残していきましたっていうところまで、正確に伝わってるわけではなさそうだな……」

ネットにアップされていた能の脚本にざっと目を通して、良彦は頭の後ろで手を組む。どこから話が伝わったのかはわからないが、神様と人の共同作業で刀が出来上がるというのは、いかにも大衆が好きそうな話だ。

「でもその小狐丸は現存してないっていうし、そうなるとあの小鎚が唯一、宗近と稲荷大明神を繋ぐものってことか……」

良彦は天井を仰ぐ。宗近にしてみればこれ以上ないほど大切なものだと思うのだが、それよりも神宝をつかって刀を打ち、ゆえに名工となったということの方が、彼にとっては重荷になってしまっているのだろう。

「でも聡哲が言う通り、あの小鎚を使ったからって、全部がいい刀になるとは思えねぇんだよなぁ。気にし過ぎのような気もするけど……」

小鎚を使う過程は、鍛錬の一部分にしか過ぎない。そもそも帝から作刀の命令が来る時点で、見込まれた刀工だったということだ。もしかすると記憶を削がれることで、自信を失っている状態なのかもしれない。

「良彦よ、あの小鎚のことだが」

ベッドの上で毛繕いをしていた黄金が、思い出したようにこちらへやってくる。

「宗近の手前少々言葉を選んだが、あれは神宝などではないぞ」

「——は？」

良彦は一拍置いて、弾かれたように黄金へ顔を向けた。

「え、待って、神宝じゃないってどういうこと⁉」

「そのまま言葉の通りだ。古いことは確かだが、その辺にある小鎚と変わらぬ。ただ少しだけ、宗近を慕うような気配がするだけだ」

「小鎚が意思持ってるってこと⁉」

「それほど大げさなものではない。愛用すれば道具とて持ち主を慕う。長年使えばそのような気配を持つのも、当然と言えば当然だ」

「……てことは、やっぱり宗近は、実力で名工になったってことだよな？」

「そう思っていいだろう」

その返答に、良彦は安堵《あんど》する。やはり、宗近は祀られても何らおかしくはない刀工だったということだ。

「しかし、なぜ稲荷大明神が宗近にその小鎚を与えたのかがわからぬ。初めて刀を打つのであればともかく、すでに刀工であった宗近には、愛用の仕事道具があったはずだ。何の変哲もない小鎚を、なぜ新たに与えねばならなかったのか……」

「確かに……」

同意して、良彦は胸の前で腕を組んだ。わざわざ小鎚を与え、しかも回収することなく宗近の下に置いて行った。彼はそれを使い続けたことを負い目に感じているが、むしろ——稲荷大明神はそれを望んでいたのではないか。

「……宇迦之御魂神《うかのみたまのかみ》にもう一回会いに行っても、無駄だと思う？」

良彦は、パソコンの画面に目をやったまま黄金に尋ねた。

「やっぱり何回考えても、あれだけのコントロールセンターで、雪丸の行方が追えないっていうのは、何か気になるんだよなぁ」

　良彦の問いに、黄金が尻尾を揺らして首を傾げる。

「情報がない、と言っていたことを考えると、これ以上の助言は見込めぬと考えるのが妥当であろうが……、お前の疑念には、一理なくもない」

　黄金がちらりと良彦を見上げた。

「稲荷とは宇迦之御魂神《うかのみたまのかみ》の眷属。一度仕えたなら、白のように主を変えることは稀《まれ》だ。しかも人の子の下へ派遣される稲荷は、特に優秀な者だと聞いたことがある。そのような者の行方が、易々《やすやす》とわからなくなるであろうか。宇迦之御魂神《うかのみたまのかみ》が手放すとも考えにくい」

「やっぱそうだよな……」

　良彦は思案して天井を仰ぐ。

　実は宇迦之御魂神《うかのみたまのかみ》に人事課を案内されたときから、少しおかしいと感じていたのだ。玄狐の強固なセキュリティを敷いているのは、それだけ外部からの侵入を警戒しているということだ。それなのに彼女は、良彦にはあっさり内部を見せた。雪丸の情報を調べるだけならば、最初からあの手元の端末で事足りたはずだ。

「端末で調べてくれた時も、普通に画面見せてくれて、ちょっとびっくりした。ああいうのって普通、外部の人間には見せないものだし」

項目は少なかったとはいえ、あれは雪丸の個人情報だ。それをボスが自ら、たとえ相手が御用人であっても、関係者以外に見せるだろうか。情報がないなら、ないと言えば済む話だ。

「人事課の中も、端末の画面も、わざわざ見せられた気がしてんだよな。考えすぎかもしれないけど、まるで、怪しいところなんて何もないでしょう？　ってアピールするみたいに。……でも、なんでそんなことする必要があんだろ」

良彦は頬杖を突く。あの時二階にいたはずの、体格や毛色が違う稲荷のことも気になっている。今思えば、尻尾の形もなんだか違っていた気がする。もしかすると、見られてはまずい稲荷を雇っているのだろうか。

「……もしかして」

ふとその想像に思い至って、良彦は恐る恐る口にする。

「雪丸が宇迦之御魂神《うかのみたまのかみ》のなんかヤバい秘密を知っちゃって、それで口封じのために――。だから知られちゃまずいとか!?」

「そういえばお前、昨日再放送のさすぺんす劇場を観ていたな……」

「夕方に放送されてると観ちゃうんだよなぁ」

登場人物が全員神なら、サスペンスな展開になる可能性は低いだろうか。そもそも宇迦之御魂神《うかのみたまのかみ》のなんかヤバい秘密にも心当たりがない。どこぞへ消えた白をもう一度呼び出してもいいが、おそらく眷属時代は外回りであっただろう彼に、これ以上の情報は望めない可能性の方が大きかった。

良彦は再びパソコンに向き直る。やはり地道に自分の手で調べて行くしかないだろうか。

「雪丸、かぁ……」

宇迦之御魂神《うかのみたまのかみ》に直訴していた宗近の言葉を聞く限り、彼はその稲荷の相槌の音をよく覚えているようだった。なんとも刀工らしい話だ。

「どうやったら、会わせてやれるんだろ……」

良彦のつぶやきは、パソコンの画面に吸い込まれるようにして消えた。

⛩

翌日良彦は、再び伏見の社を訪ねた。無駄足になるかもしれないが、もう一度宇迦之御魂神《うかのみたまのかみ》に話を聞くためだ。そしてできれば、今回は他の稲荷にも話を聞きたいと思っている。ボスは口にせずとも、彼らには何か伝わっている話があるかもしれない。

「仮に他の稲荷が雪丸の件を知っていたとして、頭領が知らぬと言ったものを話すとは思えんがな」

一緒にやって来た黄金にはそう言われたが、ものは試しだ。思えば昨日はずっと宇迦之御魂神《うかのみたまのかみ》が案内をしてくれていたので、彼女以外の話は聞けていない。

「雪丸と同じ時代に、同じ地域で働いてたやつがいるかもしれねえし、全部は話せなくてもヒントはもらえるかもしんないじゃん」

伏見の社に到着すると同時に、黄金に目の精度を上げてもらった良彦は、鳥居をくぐるや否や、その辺を忙しく走りまわる稲荷の姿を目にした。

「境内の中にも、こんなに稲荷がいたんだな」

参拝客の目には映っていないが、こちらですよと本殿へ誘導する稲荷もいれば、お守りや御朱印はそちらですと案内する稲荷もいる。お写真はあちらが映えますよ、などと囁《ささや》いている者もいて、人々は皆なんとなくその流れに乗せられて歩いていく。なんという有能な客引きだ。

楼門をくぐり、本殿前までやって来た良彦は、参拝客の多さを見て、そのまま新池へ足を向けた。本殿で呼べばいいと宇迦之御魂神《うかのみたまのかみ》は言っていたが、やはり正規の手続きを踏んだ方がいいだろう。

「入口に着く前に、誰か一柱くらい稲荷を捕まえて話を聞けたらいいいんだけどな……」

千本鳥居を抜けて奥社奉拝所までやって来たが、暇そうな稲荷は見当たらない。これだけいれば一柱くらい怠惰な者もいそうなのだが、未だにお目にかからないのだ。それともどこかに隠れて休憩しているのか。

「おにいさん、また来たん？」

新池へ続く道を歩いている途中で、不意にそんな声がして良彦は足を止めた。

「良彦、構うなと白に言われたであろう」

「ああ、でも……」

黄金に忠告されたが、立て続けに聞こえてくる声に思わず姿を捜す。

「おや、今日は聞こえるんやね」

「隣の方位神にどうにかしてもろたんやろ」

「おにいさん、御山で就職希望なん？」

「やめたりいな、一応御用人やろ？」

こちらを小馬鹿にするような笑い声が重なり合う。目を凝らせば、数多ある塚の陰に、いくつかの光る目玉と揺れる尻尾を良彦は見つけた。昨日は一切見えなかったが、今日はきちんと認識できている。

「……猫……いや、えーと、塚猫……？」

良彦は戸惑いつつ口にする。確か白はそう呼んでいたが、もうこの世に肉体のない猫の魂を、何と呼ぶのが適切なのか。

「おにいさん」

足元で呼ばれて、良彦は目線を下げた。そこにはいつの間にか、金色の目をした三毛猫が前足を揃えて座っていた。黄色いリボンのついた首輪が映えている。

「ちゅ〜る持ってきたか？」

可愛らしく小首を傾げて問われ、良彦は言葉を詰まらせる。

「……持っていません」

そう答えた途端、塚の陰にいた猫たちが一斉に姿を現した。

「なんや期待させといてからに！」

「何しに来たんや！」

「ちゅ〜るを持たぬ者、通るべからずやで！」

「またたびもないんか⁉」

片耳が千切れたキジトラ、丸顔の茶白、体の大きなサバトラ、尻尾の短い黒毛など、毛色も体格も様々な猫たちが良彦を取り囲む。露骨なカツアゲだ。

「会うってわかってたら持ってきたんだけど……」

良彦はしどろもどろに言い訳をする。正直猫たちのことは、完全に頭から抜け落ちていた。

「もっぺん来るんやったら、わかるやろ？」

先ほどの三毛猫にねっとりと絡みつくような視線を向けられて、良彦は口ごもった。全くその通りではあるが、カツアゲは予想外だった。

「しかしおにいさん、昨日の今日でまた来るとか、仕事熱心やなぁ。宇迦之御魂神《うかのみたまのかみ》様に会われへんかったんか？」

大きなサバトラ猫が、のっそりとこちらに歩み寄ってくる。三毛猫の倍はありそうな体格だ。よく見ると右耳に小さな切れ込みがある。

「いや、会えなかったわけじゃないんだけど……」

「もしかして、ほんまに就職希望なん？　無職か？」

「む、無職ではない……。でもオレが希望しても、絶対雇ってもらえないと思う

「……」

良彦は虚《むな》しさを覚えながら口にする。稲荷たちの勤勉さを見れば見るほど、二度脱走した白の気持ちがわからなくもない。

「御用人やったらワンチャンあるって！　あきらめんな！」

「ありがとな……いや、そうじゃなくて……」

「猫はあかんかったけどな！」

人の話を聞かないサバトラ猫は、なぜか誇らしげに胸を張って豪快に笑う。

「え、猫も雇うことあんの？」

良彦は、猫と視線を合わせてしゃがみ込む。てっきり狐だけかと思っていたが、それほど人手不足なのだろうか。

「昔々な、あまりに手が足りんで猫を契約稲荷として雇いはったんやけど、死んでも猫は猫や。勤務時間は気が向いた時、昼寝も仕事に含みますっちゅうあたりで折り合いがつかんで、結局雇い止めや。それ以降、絶対に猫はお雇いにならへんらしいで」

猫たちは顔を見合わせ、そら猫は無理よなぁ、などと言って可笑しそうに笑い合う。

彼らにとっては鉄板の自虐ネタなのだろうか。

一緒に笑ってもいいものかどうか、複雑な面持ちで猫らを眺めていた良彦は、ふとその可能性に思い当たって口を開いた。

「……なあ、その契約稲荷として雇われた猫って、もうここにはいないの？」

もしかしたら狐よりも、猫の方が口を割ってくれるかもしれない。

良彦の問いに、サバトラ猫がいよいよ哀れんだ目をこちらに向ける。

「おにいさんあんた……そんなに職場事情が知りたいんか……」

「いや、だからそうじゃなくて」

「わかるで。おーびーほうもんっちゅうやつやろ？」

「違うから！　オレは就職しにきたんじゃなくて、雪丸っていう稲荷を捜してんの！」

良彦はやや声を大きくして説明する。このままでは無職の御用人が、稲荷のコントロールセンターに就職希望で、ＯＢ訪問のために猫を捜しているという話が広まりかねない。

「一条天皇の時代に、三条小鍛冶宗近と一緒に、小狐丸っていう刀を打った稲荷大明神の行方が知りたいんだけど、誰か知ってそうな猫いない？」

その問いに、片耳の千切れたキジトラ猫が不愉快そうに顔をしかめた。

「猫に刀の話なんかしなや」

「え、なんで？」

「南泉一文字も知らんのか。南泉斬猫は？」

「な、なんせん……？」

「ちょっとあんた黙《だま》り。全猫《みんな》があんたと同じ寺育ちと違うんやで」

煽《あお》ってくるキジトラ猫を、三毛猫が制止する。どうやらここのボスは、この三毛猫のようだ。

「おにいさん、ここにおる塚猫は若いもんばっかりや。宇迦之御魂神様《うかのみたまのかみ》が猫をお雇いになったんはずっと昔の話で、今じゃおとぎ話みたいなもんよ。……けどな」

三毛猫はその金色の双眼を細めて、良彦を見上げる。

「一条天皇と同じ時代を生きてた猫になら、心当たりあるで」

良彦は思わず黄金を振り返る。平安時代の猫と、未だにコンタクトが取れるものなのだろうか。

「なるほど、命婦か」

黄金が尻尾を揺らしてつぶやく。

「なに？　ミョーブ？　……ミョウガとか……ミョウバンとかの……？」

「そういう仲間とちゃうで」

三毛猫が呆れたように良彦を眺めた。こいつわりと阿呆やぞ、とキジトラ猫が仲間に囁く。

「命婦様は日本において名前が残る最古の猫や。それゆえ今でも力をお持ちで、我らを幽冥へ橋渡ししてくださるお役目を担っておられる。その命婦様に繋いでやってもええよ」

「まじで？」

「ただし！」

「……ちゅ〜るを寄こせと？」

「話が早いわ」

三毛猫は満足そうに尻尾を揺らした。

良彦は思案して腕を組む。別にちゅ〜るを買ってくるのは吝《やぶさ》かではないのだが、この猫のことを信用していいか判断に迷う。そもそもカツアゲしてきた連中だ。

「なあ、そのミョーブって猫、本当に一条天皇と同じころに生きてたの？　信用していい感じ？」

良彦は黄金に耳打ちする。できれば無駄金は使いたくない。

「わしを前にして、御用人に嘘はつかんだろう。それに稲荷より猫からの方が、真実を聞けるやもしれん。命婦に関しては事実なので安心しろ」

黄金は萌黄色の目で良彦を見上げる。

「命婦《みょうぶ》の御許《おとど》は、一条天皇の飼い猫だ」

「……ちゅ～る買ってきます」

良彦は全速力で山を駆け下りた。

動物病院での堂々たる態度から
女帝の異名を持つ。

自由気ままな地域猫。
食べ物をくれる奴だいたい友達。

寺に居ついた元野良猫。
大好きな住職の前でだけ
露骨に態度が変わる。

冷蔵庫の下にぶち込んだままの
おもちゃが気がかり。

飼い主の長男は私が育てた。

無事にちゅ～るを調達して、塚猫たちの機嫌を取ることに成功した良彦だったが、満足した塚猫たちが毛繕いする間待たされ、その後昼寝に突入されて、小一時間黄金とともにその場に放置された。おまけにようやく目覚めた三毛猫には、まだおったんか、などと言われて、猫を雇い止めしたという宇迦之御魂神《うかのみたまのかみ》の気持ちが、少しわかった気がした。

「約束は守ってもらうからな」

背中に力を入れて伸びをして、起きるのかと思いきや二度寝に突入しようとする三毛猫を捕まえ、良彦は訴えた。このままでは何時間待たされるかわからない。

「わかったわかった。来てくれはるかはわからんけど、呼んでみよ」

「来てくれるかわかんねぇの⁉」

「猫やからな。人の都合では動かんのが常じゃ」

そう言うと、三毛猫は、良彦が念のために買ってきた焼かつお——コラーゲンプラスかつおぶし味高齢猫用——を捧げものにして、何やら口の中でにゃむにゃむとつぶやいた。

　ふと辺りが暗くなった気がして、良彦は空を見上げる。太陽が雲に入って、ほんの短い間だけその陽光が途切れた。しかし数秒後には再び太陽が顔を出し、地面には濃い影が落ちる。

「なんぞ用かにゃ？」

　良彦が再び塚の方へ視線を戻すと、三毛猫の隣で、頭のてっぺん辺りに黒い斑のある白い猫が、焼かつおを齧っていた。首には着物の帯を思わせるような、金糸の入った首輪を巻いており、僧侶の袈裟《けさ》のようにも見える布を羽織っている。目の色は左が金、右が青のオッドアイだ。

「みょ……命婦の御許、さん？」

　良彦に猫の知識は少ないが、平安時代にこのオッドアイは珍重されたのではないだろうか。一条天皇が飼ったというのも、なんとなくわかった気がした。

「呼び出しといて今更訊くにゃ。用がないんなら昼寝させろにゃ」

「待って待って！　用はある！」

　もう一本焼かつおを取り出しながら、良彦は慌てて用件を告げた。

「小狐丸？　……ああ、あの忌々しい刀のことかにゃ」

焼かつおを食べ終わり、顔を洗うついでに、命婦の御許は思い出したようにつぶやいた。

「忌々しいって、なんで？」

良彦は塚の傍らに座り込んで尋ねる。すでにここで立ち止まって一時間以上が経過している。参拝客に不思議な目で見られることにも慣れた。

「帝は、献上されたあの刀ばっかり愛《め》でておられたんにゃ。あんな硬《かと》うて冷たいもんのどこがええんにゃ。猫の方がもふもふで温《ぬく》いのににゃあ」

命婦の御許は不満げに鼻を鳴らす。要は自分が構われる時間が減って、気に入らなかったということだろう。

「その小狐丸を、宗近と一緒に作った稲荷を捜してるんだ。雪丸っていう稲荷らしいんだけど……」

「知らんにゃ。興味にゃーよ」

命婦の御許は、面倒くさげに耳の後ろを足で掻いた。

良彦は渋い顔で黄金と目を合わせる。ここまで時間と金をかけたが、徒労に終わってしまった。こんなことなら猫には構わず、さっさと新池を目指せばよかっただろうか。

「そもそも雪丸なんて名前のもんが、何柱おると思っとんにゃ」

命婦の御許が、前足の爪を噛みながらぼやいた。

「我が臨時稲荷として手を貸してやった時ですら、すでに使い古された秘密の『こおどねいむ』だったのににゃ」

「……は？」

重要なことをさらりと言われて、良彦は無意識に息を呑んだ。

「待って、今、コードネームって言った？　雪丸ってコードネームなの⁉」

当然のように個別の稲荷を指す名前だと思っていたが、そうなってくると話は別だ。

「稲荷の白毛を雪に見立てての、安易な名前にゃ」

「……つまり、当時雪丸って名乗ってた稲荷が、何柱もいたってこと？　宗近のところに派遣されてきたのも、その一柱……？」

つぶやいて、良彦は頭を抱えた。少し光が見えた気がしたが、よくよく考えれば事態が複雑化しただけだ。捜したいのは宗近と刀を打った雪丸だが、そうでない雪丸も大勢いることになる。

「坊よ、勘違いするにゃ」

肩を落としている良彦に、御許が目を向ける。

「雪丸と名乗るんが稲荷やと、誰が言うたにゃ？」

青と金の双眼に見つめられて、良彦は瞬きする。

「……稲荷、じゃ、ないの……？」

「稲荷であれば、わざわざ雪丸と名乗らんでよかろうにゃ。元々白毛なんにゃから」

呆れたように言って、御許は目を細める。

「白毛《いなり》じゃにゃいもんが、雪丸と名乗るんにゃよ」

「いなりじゃない者……？」

戸惑って問い返した良彦は、御許がふと参道の方へ目を向けるのにつられて振り返った。首に橙色の水引をつけた稲荷が、何柱かの稲荷を率いて参道を上ってくる。都度立ち止まっては、この鳥居は誰が寄付しただとか、この塚は明治初期にできたものだとか、あれこれと説明している。新人研修のようなものだろうか。

「それでこの先にある新池が――」

そう言いかけた先頭の稲荷が、塚猫に囲まれた良彦を目に留めて、明らかにまずいという顔をした。目の周りにある、炎のような隈取には見覚えがあった。昨日人事課で見かけた、宇迦之御魂神《うかのみたまのかみ》の部下ではないだろうか。

「――で、ではここで引き返して本殿に戻りましょう！」

稲荷はさっと踵《きびす》を返《かえ》すと、良彦の視線を遮るようにして、後に続く稲荷たちを元来た道へ押し返した。

「そんな露骨に避けなくてもいいだろ。わりと傷つく！」

良彦は抗議しておく。参道で出くわしたからといって、なぜ逃げるようにせねばならないのか。

「いえ、け、決して、避けているわけでは……」

言い訳しようとした稲荷が良彦を振り返ると同時に、列の後ろの方から、あれ？と訝しむ声がした。

「もしかして良彦くん？　萩原さんちの良彦くんじゃない？」

嬉しそうに言って、彼は並んでいる列からひょっこりと姿を見せる。引率の稲荷が止めようとしたが、すでに良彦の視界はその全身を捉えていた。

見慣れた白と茶の斑の毛色。先が少し折れた柔らかそうな耳と、巻きの緩い尻尾。

狐ではない。

紛れもなく、犬だ。

それは幼い頃から当たり前のように、向かいの家の庭先で見かけていたもので。

「――チョコぉ!?」

あまりの驚きに、上ずった良彦の声が稲荷山にこだました。

四

京都市内を流れている桂川《かつらがわ》は、大阪府との境で木津川、宇治川と合流し、淀川《よどがわ》になる。その淀川に、宗近が生きていた頃には犬島と呼ばれる中州があり、野犬や危険な犬をそこに収容していたようだ。ただし収容とはいえ流刑のようなもので、餌などは与えられることなく放置されるという。宗近は犬島を実際に見たことはないのだが、京《みやこ》を荒らす野犬たちが捕らえられ、まとめて送られていくのを何度か目にすることがあった。

ちょうどその日も、三条大橋の近くで、縄に繋がれて口輪をつけられた野犬が数頭、犬島へ連れていかれようとしていた。当時まだ師匠の下で刀鍛冶としての修業を積んでいた宗近は、頼まれた所用を済ませて工房へ帰る道すがらだった。

「オラ、とっとと歩けよこの野郎！」

宗近の目の前で、男が乱暴に、倒れ伏せている犬の首に繋がった縄を引っ張った。まだ仔犬かと思われるその茶色い毛並みの犬は、腰骨の形が見えるほど痩せ細り、皮臆病なのか尻尾の毛は抜け落ちて、立ち上がることさえままならないようだった。粗暴に扱われても悲鳴すら上げられず、震える体をこれ以上ないほど小さく縮めるだけだ。

「別にここで殺したっていいんだぞ？　御上《おかみ》の御計らいで犬島に流してやろうってんだから、感謝して欲しいもんだな！」

男は腰に差していた鞭《むち》を取り上げると、わざと音を鳴らしてそれを伸ばし広げた。それを見て、犬はさらに怯《おび》えるように顔を伏せる。暴力も怖いが、それ以上に人が怖いのだろう。その潤んだ黒檀のような犬の瞳は、今まで一度も男を見ようとしない。

「――もし、そこの御方」

珍しくはない日常の風景とはいえ、宗近は見過ごすことができずに声をかけた。

「その犬には、どのような罪があるのでしょうか」

鶏《とり》を襲ったか、厨を荒らしたか。なんにせよ犬島へ送られるのであれば理由があるはずだ。

男は面倒くさそうに宗近に目を向けて、吐き捨てるように口にする。

「罪？　んなもん知るかよ。俺は上役から言われて捕まえただけだ。捕まえた時からこの状態だからな、犬島に着く前にどうせ死ぬだろうよ」

擦り切れた草鞋《わらじ》を履いた足で、男は犬の尻を軽く蹴った。それを見て、宗近は静かに拳を握る。

「ではその犬、私がもらい受けてもいいでしょうか」

宗近の申し出に、男は一瞬呆《ほう》けた顔をした。こんなに弱った犬をもらい受けような ど、酔狂以外の何物でもない。自分でもわかっていながら、宗近は何かに突き動かされるようにして、その犬を背に庇《かば》った。

「もらい受けても、よろしいですね？」

宗近の父は、気に入らないことがあるとすぐに手が出る男だった。

そのため宗近は、物心ついた時から兄弟とともに殴られて育ち、それを庇う母もまた殴られた。常に父の挙動に怯えて暮らし、手を振り上げられただけで、癖のように体は硬直した。目を見れば生意気だと難癖をつけられ、殴られる数が増えるので、できるだけ父の顔は見ないようにして過ごした。

そのため、流行《はや》り病であっけなく父が死んだときには、悲しさよりも安堵の方が大きかった。これで殴られずにすむという安心感に比べれば、先行きの不安など微々たるもののように思えたのだ。

「犬を飼いたいって、あんた正気なの？」

　宗近が工房へ犬を連れ帰ると、案の定師匠の奥方には渋い顔をされた。縁あって生家を出て、師匠の家に住み込みで修業中だというのに、さらに食い扶持《くぶち》を増やそうというのだから、そう言われるであろうことはわかっていた。

「……すみません。怪我もしていますし、なんだか放っておけず……」

　宗近は腕の中の犬に目を向ける。幸い暴れることなく抱かれてくれた仔犬だが、大人しくしているというよりは極度の緊張で固まっており、震えは未だに止まらず、こちらと目を合わせようとはしない。

　師匠の奥方は仔犬を一瞥して、やれやれと長い息を吐く。

「面倒は自分で見るんだよ。飯も自分の分からやりな」

「はい。ありがとうございます！」

　とりあえず拒否されなかったことにほっとして、宗近は仔犬の頭をそっと撫でた。

「よかったな。これでもう大丈夫だぞ」

　豊かではないが、犬島に行くよりはましな生活をさせてやれるだろう。もう無意味に怯えることもない。

「名前を決めなきゃな。私の飼う犬だからな……そうだなぁ……」

悩む宗近の腕の中で、震えていた仔犬が何かを悟るように顔を上げ、黒い眸《ひとみ》でそっと宗近を見上げていた。

⛩

良彦が宗近の下を訪ねてきたのは、そろそろ陽が沈もうかという夕暮れ時だった。足元に狐神を伴ってやってくるその姿は、どこへ行くにも飼い犬を連れていた宗近の記憶を、少しだけ揺り動かした。

「さっき、もう一回宇迦之御魂神《うかのみたまのかみ》に会って来たんだ。なかなか渋って教えてくれなかったけど、証拠連れて行ったら、やっと白状してくれたよ」

良彦は、苦笑して続ける。

「あのコントロールセンターができる前から、稲荷の仕事は忙しくて、繁忙期には『契約稲荷』を雇うことがあったんだって。ちなみに今も、何匹か雇ってる」

「契約稲荷……？」

聞き慣れない言葉を、宗近は問い返す。

「まあ要は、狐神以外を雇ってたってこと。たとえばこの世で死んだ後の猫だったり

──犬だったり。オレも見つけた時はびっくりしたよ。死んだはずのチョコが動いてる上にしゃべってるし……」

　後半をぼやくように、良彦が口にした。

「すみません御用人殿、生憎《あいにく》私にはよく話が見えず──」

「あ、ごめんごめん、えーと、そうだな、わかりやすく言うと……」

　言葉を探して、良彦がしばし思案する。

「宗近と一緒に小狐丸を打ったのは、『契約稲荷』として派遣された、宗近のかつての飼い犬だった、ってこと」

　咄嗟にその意味が理解できなくて、宗近はわずかに眉根を寄せて瞬きする。

「当時の宗近の祈りに応えて、宇迦之御魂神《うかのみたまのかみ》は相槌役を手配するよう部下に言ったんだ。その時に手を挙げたのが、死んだ後に契約稲荷として働いていた宗近の犬だったんだよ。優秀な犬だったから、特別に許可が下りて派遣されたんだって」

「……し、しかし、私の犬は雪丸という名前ではありません。あの時稲荷大明神様は、確かにご自分の名を雪丸だと……！」

　宗近は脆くなった記憶を再度辿る。そうだ、確かに稲荷大明神は、あの時雪丸だと名乗ったはずだ。

「元飼い主のところに派遣するにあたって、宇迦之御魂神《うかのみたまのかみ》は条件を出したんだ。決して本当の名前を宗近に名乗らないこと、そして自分が飼い犬だったとばらさないこと……。雪丸っていうのは、派遣稲荷が使う仮名みたいなもんなんだって。だから宗近に名前を聞かれたときに、雪丸だって名乗ったんだと思う」

狼狽《ろうばい》する宗近を落ち着かせるように、良彦はゆっくりとした口調で続ける。

「世話になった飼い主を前にして、名乗れないって辛《つら》かったと思うよ。再会できたことだって奇跡だし。なんなら一緒に刀作るとか、犬として生きてたころだったら叶わなかったことだろ？　嬉しかったはずなんだよ、絶対。伝えたいこと、いっぱいあったはずなんだよ。だから――」

ゆっくりと右手を持ち上げた良彦が、宗近の膨らんだ懐を指さす。

「だから彼は、宗近に小鎚を渡した。最初から置いていくつもりだったんだよ。いなくなってしまう自分の代わりに。……いつか、宗近が気付いてくれるんじゃないかっていう願いも込めて」

宗近は、服の上から無意識に小鎚に触れた。

初めて手にした時から、当たり前のように手に馴染んだことを、昨日のことのように思い出す。

「……犬の名前、宗近がつけたんだろ？」

そう尋ねる良彦の声は、優しかった。

「鎚麻呂《つちまろ》っていうんだってな？」

その瞬間、稲荷大明神と過ごした二十日間の記憶が、鎚麻呂と過ごした日々と重なって鮮やかに色づき、宗近の脳裏を駆けた。

怪我をした仔犬を連れ帰ったことも。

その犬がいつの間にか、工房を覗き込んで宗近の仕事を見ていたことも。

あの日訪ねてきた大明神と、鎚の音色で会話したことも。

彼が庭の墓石を気にしていたことも。

名を問われて、何か言いたげにしていたことも、すべて。

一挺の小鎚に、託していった想い。

「……まさか……鎚麻呂が……」

宗近は呆然とつぶやいた。

あの日、稲荷大明神から感じた、長年連れ添った友のような懐かしさには、誰よりも覚えがある。

「宇迦之御魂神《うかのみたまのかみ》と会ったときに言ってただろ？　相槌を務めた稲荷大明神は、まるで長年自分の仕事を見ていたかのような手腕だったって。そりゃ当然だよな。宗近の仕事を一番近くで見てたのは、鎚麻呂だったんだから」

良彦の言葉を聞きながら、宗近は涙を堪えて目を閉じた。

腕の中で震えるだけだった仔犬が、怯えながらもいつの間にかこちらの顔を見るようになった。

尻尾の毛が生《は》え揃《そろ》う頃には、宗近を見ると嬉しそうに駆けてきて、遊んでくれとせがむようになった。

雪の降る日も、うだるような暑さの日も、ふと目を向ければ、そこに鎚麻呂の姿があった。

炉の熱に汗だくになった姿も、納得いく刀ができなくて悩んだひどい顔も、すべて見ていたのは、鎚麻呂だ。

「ずっと考えてたんだと思うよ。宗近のために、何ができるか」

「そんな……私は、何も……。私の方こそ、もっと、鎚麻呂のためにできたことがあったのではと――」

宗近の下で九回目の秋を迎える頃、鎚麻呂は咳《せき》をしたり、貧血のような症状を起こしたりするようになり、それからいくらも経たないうちに逝ってしまった。

感謝も、労いも、伝えられないまま。

「鎚麻呂が自分の犬生《じんせい》をどう思ってたか、オレにはわかんねぇけど、少なくとも宗近にはめちゃくちゃ感謝してたと思う。ただ、鎚麻呂はもう契約稲荷を辞めて、根源神の下に還ったらしいから、会わせてやることができねぇんだ。ごめん」

良彦が、申し訳なさそうに頭を下げた。

「……でも、その小鎚を返す必要なんかないし、むしろ宗近がずっと持っていてくれることを、鎚麻呂は望んでると思うよ。黄金が言うには、不思議な力があるものじゃないから、宗近の刀工としての腕を左右することはないんだって。……まあ宗近にしてみたら、今となっては神宝以上の価値があるだろうけど」

そう言われて、宗近は懐の小鎚をそっと取り出した。

愛犬の置き土産は、どこか得意そうな顔をしているようにすら見える。それがいつかの鎚麻呂の笑顔と重なった。その瞬間、どうして自分がこの小鎚を手放したくなかったのか、墓にまで入れようと思ったのか、すべてのことに納得がいった。

「……稲荷大明神として私を救い……、それが終わってなお……小鎚を残して私に寄り添ってくれていたのか……」

周囲からの期待という名の重圧に耐えながら、刀を打ち続ける日々の中で、何度この小鎚に救われたかわからない。これを握っているときだけは、なぜだか心が透き通るように凪《な》いだのだ。ふと戸口に目を向ければそこに鎚麻呂がいるような、懐かしい安堵に包まれるように。その理由を、宗近は噛み締めて想う。

それは鎚麻呂という名の通り、刀工である宗近を確かに支えるために。

その片腕としてあるために。

いや、もしかするとそれ以上に、もっと単純な願いだったのかもしれない。

ずっと宗近の傍にいたかったという、ただそれだけの想い——。

「もうこの世で会うことは叶いませんが……、いつか私が神の役を辞して根源神の下に還るときには、会えるでしょうか……？」

西の空が朱赤に染まり、見事な鱗雲《うろこぐも》が隊列を組んでいる。

彼岸の時期はとうに過ぎたが、此岸《しがん》にて思い出すたびに、鎚麻呂はあの頃のように笑ってくれるだろうか。

「んなの当たり前だろ」

良彦が、励ますように宗近の背中を叩く。

「宗近の、生涯たった一匹の相槌なんだから」

握りしめた小鎚の感触を確かめながら、宗近は静かに泣いて、微笑んだ。

⛩

「だってしょうがないじゃないのよ」

後日、報告のために稲荷山のコントロールセンターを訪れた良彦は、宇迦之御魂神《うかのみたまのかみ》から再度言い訳を聞いた。

「稲荷のやったこととして、あまりに広く知れ渡りすぎたんだもの。まさか能とか歌舞伎とかの演目にまでなるって誰が思うのよ」

人事課の一角にあるソファで高々と足を組んで、宇迦之御魂神《うかのみたまのかみ》は少し疲れた様子で息を吐いた。

「まあ、今更犬がやりましたって、確かに言いづらいかもしんねぇけど……」

良彦は呆れつつ、参考に見せてもらった契約稲荷の契約書に目を向ける。

「契約期間は一年。基本的に週休二日で祝日も休み。シフト制の八時間労働だが、希望により固定あり。なお外部に派遣される場合は、個別契約とする。契約日より有給休暇あり。その他夏季休暇、年末年始休暇、慶弔休暇あり。賞与二回、社会保険完備、カフェテリアでの食事支給——カフェテリアあんの!?」

「料理長はタイハクオウムよ。全力で『ツラッシャッセー！』って言われるから、カフェに来たのかラーメン屋に来たのかわからないって、よく言われるわ」

「雇ってるのって犬だけじゃねぇの⁉」

「犬以外にも、数は少ないけど鳥とか、兎《うさぎ》とか、亀とかもいるわよ。適材適所ね。最近雇ったのはヒョウモントカゲモドキ」

「ひょ……ひょうもん……？」

「明るい子だから助かってるわ。寒くなるとお腹壊しちゃうけど」

もはや宇迦之御魂神《うかのみたまのかみ》は開き直り、自身の髪を指先でくるくると弄ぶ。

聞けば、良彦が白たちと突然訪ねたあの日、コントロールセンターの中は蜂の巣をつついたような騒ぎになっており、宇迦之御魂神《うかのみたまのかみ》の命令の下、契約稲荷として働いていた犬を含む他の動物たちは、良彦たちに見つからぬよう一斉に隔離されたらしい。しかしここなら見つからないだろうと、サモエドと柴犬が人事課の二階をふらふらしており、どうやら良彦が見かけた毛色の違う稲荷は彼らだったようだ。その後宇迦之御魂神《うかのみたまのかみ》の部下によって、速やかに連行されたという。

「まさか御許ちゃんにまで話を聞いて、おまけに御用人と知り合いの犬がここで働いてるなんて、予想外だったわ」

「いや、まさかオレも、チョコと再会するとは思ってなかったよ……」

鎚麻呂までたどり着けたのは、チョコのおかげだ。彼が契約稲荷になっていなかったら、宇迦之御魂神《うかのみたまのかみ》を問い詰めることもできなかった。

「今、犬の契約稲荷はどのくらいいるのだ？」

萌黄色の双眼を持ち上げて、黄金が尋ねた。

「百匹前後かしら。意外と希望する子が多いんですよ」

宇迦之御魂神《うかのみたまのかみ》が端末を呼び出して、最新の犬数を確認する。

「犬であれ猫であれ、受けた恩は忘れないものよ。人の子もそうであってちょうだいね」

宇迦之御魂神《うかのみたまのかみ》に言われて、良彦は苦く笑った。

今日も稲荷の社には、商売繁盛を願う人々が連日押し寄せるが、そのうちどれくらいの人が御礼《おれい》参りにやってくるだろう。生かされているという現状に感謝する人が、どれくらいいるだろうか。

「いやほんと……心に刻みます」

良彦は自戒するようにつぶやいた。

稲荷たちは今日も、豊かな実りのために東奔西走する——。

⛩

　チョコが昼休憩に入るのを待って、良彦は改めてロビーで面会した。先日はゆっくり話す時間がなく、こうして対面すると動きも表情も記憶の中のチョコのままで、まだ彼が生きているのではないかという錯覚に陥ってしまう。

「じゃあ、宗近さんの御用は無事に解決したんだね」

　ロビーの椅子に前足を揃えて行儀よく座り、チョコは嬉しそうに良彦の報告を聞いた。

「うん、稲荷大明神が小鎚を置いて行った理由もわかったし、宗近も満足してくれたと思う」

　あの日宗近からは、宣之言書《のりとごとのしょ》に朱印を貰《もら》っている。刀の形をした、彼らしい朱印だった。

「よかった……。実は鎚麻呂さんの話は有名で、入社説明会の時にも聞いたんだ。犬でも頑張れば稲荷大明神を名乗って、元飼い主を助けることができますって」

「入社説明会あんのか……」

「鎚麻呂さんのこと、他人事《ひとごと》とは思えなくて気になってたんだ。宗近さんが真実を知って、きっと幽冥で喜んでると思うよ」

チョコはほっとした様子で尻尾を振る。彼がこちらにも理解できる言葉を話していることに、良彦はようやく慣れてきた。ワンとしか話さないチョコも愛らしかったが、言葉が通じるチョコはなおさら親しみが湧く。

「確かそなたも、山で保護された犬であったな？」

黄金が思い出したようにチョコに尋ねた。

「はい、いわゆる野犬というやつです」

「なんで黄金がそんなこと知ってんの？」

「大年神《おおとしのかみ》からの情報だ」

「あのおっさん、伊達《だて》にご近所周回してねぇな」

良彦と黄金のやり取りを、チョコは可笑しそうに眺める。

「死んだ後に、ここで働けばお給金をいただけると稲荷様から聞いて、すかうとを受けることにしたんだよ」

スカウトだったのか、と、良彦は改めてチョコを眺める。確かに生前からよく躾《しつ》けられていて、賢い犬ではあった。もしかして稲荷は、そういう情報も事前に仕入れているのだろうか。

「お給金って……、なんか欲しいもんでもあんの？　オレに用意できるものだったら、墓前に供えるけど？」

死後になお働くなど自分ならごめんだが、チョコには何か目的があるのだろうか。

尋ねた良彦に、チョコは口角を上げて微笑む。

「ありがとう良彦くん。でも大丈夫、ここで得たお給金は、なんでも望むものに換えられるんだ」

「なんでも？」

「うん。だから鎚麻呂さんはたぶん、宗近さんのところに派遣されるときに、お給金を小鎚に換えたんだと思う」

その言葉に、良彦は改めて腑《ふ》に落ちたような気分になった。

「私はね、お給金を全部『幸運』に換えるつもりなんだ」

チョコが尻尾を振って口にする。

「それを斎藤家に届けてから、幽冥に行こうと思ってる」

良彦の脳裏に、斎藤家の一員として可愛がられていたチョコの姿が蘇った。

十八年間、共に過ごした紛れもない家族だ。

「幽冥では、斎藤家の皆を一番先に出迎えるよ。そして私が案内するんだ！」

そう誇らしげに口にするチョコの姿が、会ったこともない鎚麻呂の姿と、重なった気がした。

ワンポイント
神様講座 2

宗近がお参りに行った稲荷社ってどこ？

本文中では宗近が「現存していない」と言っていますが、稲荷大明神と小狐丸《こぎつねまる》を打った話は後世の創作である可能性が高く、彼が詣でた稲荷社の場所は現在でもはっきりしていません。伏見稲荷大社だったのではという説がある一方、彼の住まいだったと伝わる場所の近くにも御百稲荷《おひゃくいなり》神社があり、現在はホテルの敷地内に井戸だけを残し、お社はホテルの裏山へと移されています。

また京都府八幡市にある相槌《あいつち》神社には、宗近が境内の井戸の水を使って刀を打ったという話の他に、刀鍛冶の伯耆《ほうき》安綱《やすつな》と宇迦之御魂神《うかのみたまのかみ》が、「髭切《ひげきり》」と「膝丸《ひざまる》」という、後に源氏の重宝となった刀を打ったという伝説も残っています。

宗近が祀られておる社には、
かつて織田信長や豊臣秀吉、徳川家康らが
所有していたという刀を打った、
粟田口藤四郎吉光《あわたぐちとうしろうよしみつ》という刀工も
祀られておるのだぞ

ワンポイント
神様講座 3

命婦《みょうぶ》の御許《おとど》について教えて！

命婦の御許は、平安時代の一条天皇の飼い猫で、日本において名前を持つ特定の猫の記録としては最古の例となります。「命婦」とは五位以上の位階を有する女性を指し、「御許」とは高貴な女性を示す言葉です。

『枕草子』によれば、言うことを聞かない命婦の御許に腹を立てた乳母が、翁丸《おきなまろ》という犬をけしかけたことがありました。命婦の御許は一条天皇の懐へ逃げ込み、怒った一条天皇は、翁丸を犬島へ追放してしまいました。しかしその後翁丸は内裏に戻り、清少納言が仕えていた藤原定子《ふじわらのていし》（一条天皇の皇后）によって保護され、その後一条天皇も翁丸を許したということです。

猫の気ままさも、犬の従順さも、
人の手ひとつで
癒しにも悪事にもなり得ること、
忘れるでないぞ。

神様の御用人 回顧録

特殊能力もない、不思議な道具も持っていない。
ただ普通の、人生に挫折しかけた~~ニート~~フリーター青年。

萩原《はぎわら》良彦《よしひこ》

「福利厚生だけでもつけてくれませんかね？」

ケガで野球の道を絶たれて職も失いフリーターをしていたところ、前年に亡くなった祖父の跡を継いで、神様たちの用事を言いつかる『御用人』代理として任命された。基本的に面倒臭がりだが、困っている神様や人を放っておけないお人好しなところがある。

誕生日：8月5日
身長：168センチ
血液型：O型
家族構成：父、母、妹
好きな食べ物：
白飯のお供になるやつ
趣味特技：野球、スニーカー集め
最近の検索履歴：
「ペット　抜け毛　対策」

大《おお》主《ぬし》神《じん》社《じゃ》の末社に祀られた、方位を司る神。
良彦の最初の御用神であり、気づけば案内役のようになっている居候。

黄金《こがね》

「わしは神だぞ。人の世の食べ物になど興味はない」

方位の吉兆を司る、狐の姿をした方《ほう》位《い》神《じん》。良彦に御用を依頼したが内容が気に入らず、御用の再履行を求めるため良彦と行動を共にしている。甘い物好きで、それにつられることもしばしば。強大な力を持つ古代の神とされるが、普段のモフモフ姿からはその片鱗も感じられない。

誕生日：？？？
身長：狐時は柴犬より少し大きいくらい
血液型：？？？
家族構成：黒龍？
好きな食べ物：甘い物
趣味特技：萩原家の冷蔵庫の中身を把握すること（母より正確）
最近研究していること：ルマンドをこぼさずに食べる方法

超《スーパー》現実主義の若き神職。
自らの修練を積みつつ、親友の進路も気にかけている。

藤波《ふじなみ》孝太郎《こうたろう》

「神社経営は、ビジネスだ」

良彦の親友で大主神社の権禰宜《ごんねぎ》。神社ビジネスも心得ていて外面が良く、氏子や参拝にくるマダムたちの人気の的。黄金からは清濁併せ呑む男と評されている。良彦が御用人だということは知らないが、行き詰まったとき、なにかとヒントを示してくれる頼もしい男。

誕生日：5月8日
身長：178センチ
血液型：A型
家族構成：
父、母（祖父母と敷地内同居）
好きな食べ物：鯖の味噌煮
趣味特技：映画鑑賞
疲れた時にやること：
唐突にダンスが始まるインド映画を観る

特別な眼を持つため孤独だった少女。
良彦たちとの出会いが、自分の殻を破るきっかけに。

吉田穂乃香《よしだほのか》

「私、ずっと普通にならなきゃいけないって思ってたの」

孝太郎が奉職する大主神社の宮司の娘。生まれつき神様や精霊などが見える『天眼《てんげん》』の能力を持つ。内気な性格で感情をあまり顔に出さないが、美しい容姿のため密かにファンが多い。
泣沢女神《なきさわめのかみ》の御用がきっかけで良彦と知り合い、御用人の仕事を手伝うようになった。

誕生日：10月15日
身長：160センチ
血液型：A型
家族構成：父、母、兄
好きな食べ物：ホワイトシチュー
趣味特技：花を生けること
ハマりそうな沼：宝塚歌劇

大国主神
おおくにぬしのかみ

「結婚してください」

出雲を本拠とする、国津神の中心的な存在。少彦名神《すくなびこなのかみ》とともに国造りの事業を成し遂げた。縁結び、子孫繁栄の神としても有名。六柱の妻のうちの一柱が須勢理毘売《すせりびめ》。普段はパーカーを着た長身の美青年の姿をとっており、何かと良彦の部屋を訪れてはくつろいでいる。

誕生日：？？？
身長：180センチ
血液型：？？？
妻に秘密にしていること：いろいろある

大気都比売神
おおげつひめのかみ

「わたくしの小麦で作ったパウンドケーキは、どんなお味でしたか？」

食物の神。自らの体内から高天原に献上する食物を取り出したことで、須佐之男命《すさのおのみこと》の怒りを買い、斬り殺された逸話を持つ。その時の肉片から大豆や麦が生まれ、人の世に広まったとされる。大国主神とは「須佐之男命に試練を与えられた者」同士として交流がある。

誕生日：？？？
身長：152センチ
血液型：？？？
最近自分の体から出てきて驚いた食材：バターナッツかぼちゃ

高岡遥斗《たかおか　はると》

穂乃香の高校の同級生。高龗神《たかおかみのかみ》を祀る神社の、社家の末裔。

誕生日：6月13日
身長：172センチ
血液型：O型
最近の葛藤：新しいバイクが欲しいが、ずっと乗っているズーマーXに愛着がありすぎて踏ん切りがつかない。

吉田怜司《よしだ　れいし》

穂乃香の兄で、東京の企業に勤めるエリート会社員。

誕生日：9月25日
身長：175センチ
血液型：A型
兄の苦悩：妹に何をあげたら喜ぶかわからない。

萩原晴南《はぎわら　はるな》

良彦の四歳下の妹。黄金には「鬼神」と呼ばれている。

誕生日：4月22日
身長：160センチ
血液型：A型
女の勘：家で甘い物を食べていると、どことなく視線を感じる。

萩原敏益《はぎわら　としはる》

良彦の祖父（故人）で、前任の御用人。

誕生日：11月9日
身長：168センチ
血液型：O型
近況：もうちょっと孫を見守ってから幽冥に行きたい。

神様の御用人1

―2013年12月刊行―

良彦と黄金が出会う、シリーズの原点！

幼い頃から打ち込んできた野球を怪我で諦め、就職先も失った良彦。日々を無気力に過ごしていた彼は、ある日道端で助けた老人に「宣之言《のりとごとの》書《しょ》」という不思議な冊子を渡され、神々の御用を聞いてまわる〝御用人〟に任命されるが……。

フリーターの良彦が日本中の神様に振り回される、東奔西走の日々が始まった!!

収録エピソード

一柱　狐と抹茶パフェ
二柱　名言スランプ
三柱　龍神の恋
四柱　ゆく年くる年

よりぬき！御用人事典

●御用人（ごようにん）

神様の御用聞き。神祭りの習慣が薄れた現代、力を削がれた神々に代わって御用を聞き届けるのが役目。宣之言書とは見えない「緒」で繋がっている。良彦は「御用人代理」として活動を始めた。

●宣之言書（のりとごとのしょ）

大神《おおかみ》の采配により、御用人が訪ねるべき神の名が記される冊子。御朱印帳の作りとよく似ているが、ページは無限。御用神の名前が示される際は薄墨で、御用が受理されたときに濃い墨色に変わる。御用が達成されると神から朱印が捺される。

●都路里の抹茶パフェ（つじりのまっちゃぱふぇ）

実在するお店の､行列ができるスイーツ。観光ガイドブックに載っていたのを、黄金がずっと眺めていた。黄金と良彦にとっては初めての直会《なおらい》。

あのころはまさか、良彦とこれほど長い付き合いになるとは思わなんだ。あれがすべての始まりであったな。

方位神（黄金）《ほういじん（こがね）》

【御用】日本の人の子が再び神祭りに目覚め、神に畏怖と敬いを持つようにしてほしい↓雑誌で見た都路里の抹茶パフェを食べたい。

◆大主神社に祀《まつ》られた古代の神。黄金色の狐の姿をしている。ホットカーペットの存在を最近知った。どうりで尻が温かいと思った。

一言主大神《ひとことぬしのおおかみ》

【御用】本殿に引きこもった一言主大神を救ってほしい（眷属のお杏《きょう》による依頼）。

◆神託を下ろす神。ひとつだけ願いをかなえてくれる社として地域住民に慕われている。水干をまとった中学生くらいの少年の姿。ゲーム実況者として密かに動画投稿しており、最近VTuberデビューした。

大神霊龍王（橋姫）《おおみたまりゅうおう（はしひめ）》

【御用】自分に無礼をはたらいた大学生が在籍するボート部を、住処から撤退させてほしい。

◆瀬田川《せたがわ》に住まう龍神。橋姫とも同一視される。藤原秀郷《ふじわらのひでさと》に厄介な百足《むかで》を退治してもらった。湿布が水を吸うとブヨブヨになる仕組みをずっと考えている。

大年神《おおとしのかみ》

【御用】萩原家のはす向かいの家族に、縁起物を飾って新年を迎えてもらいたい。

◆新年に家々を回る年神。作業着姿の高齢男性としてうろうろしていることが多い。良彦の祖父とは茶飲み友達だった。酒を飲み過ぎた際、クリスマスツリーを門松と間違え、フライング寿《ことほ》ぎしようとしたことがある。

文明に触れる

良彦よ
これはなんだ？
パソコン
そのキーボードで入力すんの
きーぼーど……
パコッ
ぶわあっ
あの…
そろそろ使いたいんだけど？
カチャ
パチ パチ パチ パチ パチ
カチャ カチャ カチャ カチャ

神様の御用人2

―2014年5月刊行―

穂乃香との交流が始まり お馴染みの面々が揃う第2巻。

神様の知識ゼロの状態から御用人代理の務めを始めた良彦。最高の入浴剤探しから、神様との裸の付き合いに発展したり、家探しを手伝ったり……。天眼《てんげん》をもつ少女・穂乃香との出会いのエピソードに、今後様々な御用に首を突っ込み、示唆を与えてもくれる大国主神&須勢理毘売夫妻も登場。シリーズの顔ぶれが揃い、御用人の日々は賑やかに！

収録エピソード

一柱　名湯の条件
二柱　貧乏神の憂鬱
三柱　彼女の涙
四柱　夫婦の事情

●疫病神（やくびょうがみ）

病気を流行《はや》らせる神。京都の祇園祭《ぎおんまつり》も、この疫神《えきじん》を慰めるための祭が発端となっている。現在でも花とともに疫病が四散するのを防ぐため、各地の神社では鎮花祭《ちんかさい》などが執り行われている。なお作中に登場する疫病神が、どこの方言をしゃべっているのかは不明。

●カレーの香りの入浴剤（かれーのかおりのにゅうよくざい）

孝太郎が良彦の買い物かごにこっそり入れた一品。本場インドのスパイシーな香りが再現されており、良彦が製造元を小一時間問い詰めたいと思ったほど。ちなみに妹にはすこぶる不評だった。

●天眼（てんげん）

人間の身体に魂を注ぎ込む際、神の力が過分に入ってしまうことで発現する。人によって精度は異なるものの、この眼を持つ者は、神や精霊、霊魂など、常人の目には映らないものを視《み》ることができる。穂乃香はこの眼のせいで、幼い頃から周囲に馴染むことができなかった。ちなみに穂乃香の兄もやや精度の落ちる天眼だが、本人は認めていない。

天眼の娘と出会ったことで、良彦に味方ができた頃であったな。ちなみにあのあと「甘いかれえ」を食べたが、甘味の甘さとはまた違った甘さだったのだぞ。

少彦名神《すくなびこなのかみ》

【御用】かつて大国主神《おおくにぬしのかみ》と浸かった名湯の温もりをまた味わいたい。

◆国造りにあたって大国主神を助けた博識の神。「一寸法師」のモデルとされ、身長は十センチほど。ガガイモの船に乗ったことが鉄板ネタだったが、最近になってガガイモは芋ではないということを知った。確かに芋っぽくないと思っていた。

貧乏神《びんぼうがみ》（窮鬼《きゅうき》）

【御用】次にとり憑《つ》く家を探してもらいたい。

◆とり憑いた家を没落させる神。正しく祀り、もてなせば、福の神にも転じる。貧しさの中でなにくそと這い上がる人間の心意気が好き。行き場がなくなったときにこっそり黄金の社に間借りしていたことがある。

泣沢女神《なきさわめのかみ》

【御用】「井戸の外に出たい」という一見簡単な願いだったが……？

◆人の悲しみの半分を引き受け、代わりに泣いてくれる神。伊耶那岐神《いざなぎのかみ》の涙から生まれたとされる。小学校低学年ほどの幼い姿だが、メンタルはわりと鋼。穂乃香と散歩に行けるように井戸の中でスクワットを欠かさない。

須勢理毘売《すせりびめ》

【御用】夫、大国主神の浮気癖を直してほしい。

◆須佐之男命《すさのおのみこと》の娘で大国主神の妻。良彦の前には、三十代くらいの美女の姿で現れた。大酒呑みだが、酔うと明るく笑い上戸。車の運転が荒く、同乗者はもれなくモナコの幻影を見る。最近料理に目覚めたが、出前を頼んだ方が楽だということを知ってしまった。

トラウマ

なんか腹減ったな～～
KOKO壱
KO壱
ヘルシー やさしい
KOKO壱あるけど寄ってくか?
カレー好きだろ?
あ～カレー………
少彦名神
めくるめく
バスソルト
カ
カーカレー
風呂の
おもいで
……じゃないやつで
?
いや……

神様の御用人3

—2014年11月刊行—

神様との出会いは街角で、旅先で、クローゼットの中で？

報酬も交通費も出ない御用人だが、予期せず御用を抱えた神様に遭遇するのは大神の計らい？　自作の服を売る女神とフリマに参加し、旅先の四国では斎田《さいでん》の稲の精「稲本《いなもと》さん」のため奮闘する良彦。大主神社《おおぬしじんじゃ》に祀られる菓子の神様に至っては、自室のクローゼットに潜んでいて……。貴船の水神・高龗神《たかおかみのかみ》の役に立ちたい高校生・高岡《たかおか》遥斗《はると》も初登場。

収録エピソード

一柱　天降るデザイナー
二柱　一人角力
三柱　童子の柄杓
四柱　橘の約束

●薄紅色のワンピース（うすべにいろのわんぴーす）

穂乃香が密かに憧れていたワンピースをモデルにして、天棚機姫神《あめたなばたつひめのかみ》が作ったワンピース。満開の桜を思わせるような優しい色合いで、とろりとした質感の生地が使われている。着る機会を逸しているので、未だ眺めているだけ。

●斎田（神田）（さいでん（しんでん））

主に神に供えるための米を作る田のこと。作中のモデルとなった、大三島《おおみしま》の神社の境内にも実在している。ちなみに作者は、ここの神社のおみくじで家族全員「凶」を引くというミラクルを起こし、その年に作家デビューが決まった。種蒔き、田植え、稲刈りの際には祭を伴うことが多い。収穫した米は新嘗祭《にいなめさい》などで使用される。

●フルーツタルトの専門店（ふるーつたるとのせんもんてん）

田道間守命《たじまもりのみこと》と訪れたおしゃれなお店。見回り中の黄金が発見し、いつか堂々とここのタルトを貪り食べたいと願っていた。4巻発売時のサイン会で、お店を特定した読者から、そのお店のお菓子をいただいたという作者の個人的な思い出がある。モデルになったお店は2023年でも絶賛営業中。

あの「さいん会」では、来る人来る人がお菓子を持参しており、「初めてのサイン会でこんなにお菓子をもらった人は見たことがない」と言われたほどなのだぞ。すべてわしのおかげなのである。

天棚機姫神《あめたなばたつひめのかみ》

【御用】自分がデザインした服を着てくれる人の子を探してほしい。

◆高天原《たかまがはら》では神衣《かんみそ》を織っていたが、天照太御神《あまてらすおおみかみ》とともに伊勢に移り、今は現世で洋服を作っている。可愛らしい少女の見た目と毒舌のギャップが激しい。パリコレの視察に行った際、本場のフランスパンが硬すぎることに驚いた。

大山祇の稲の精霊（稲本）《おおやまづみのいねのせいれい（いなもと）》

【御用】神事では常に勝たされてしまう相撲に飽き、真剣勝負で負かしてほしい。

◆瀬戸内海に浮かぶ大三島に社を構える大山《おおやま》積神《つみのかみ》の眷属。地元では「ＪＡの稲本さん」で通っている。新米の季節に稲荷たちと米の品評会を開いているが、各々味の表現を追求した結果、米の味を和歌で詠む雅な会になった。

高龗神《たかおかみのかみ》

【御用】二千年前に、お供の童子に授けた石製の柄杓を捜してほしい。

◆太古に高天原から貴船の地に降り立った水神。普段は観光客に紛れて貴船川沿いを散歩している。水に浮かべるおみくじで、まだ大吉が出ないことが腑に落ちない。

田道間守命《たじまもりのみこと》

【御用】菓子の神として、一度自分で菓子が作ってみたい。

◆大主神社の末社に祀られている菓子の神。元は人であり、病の大王《おおきみ》のために非時香木実《ときじくのかくのこのみ》を求めて大陸に渡り、持ち帰った功績から神として祀られた。ハッピーターンの旨味の粉の正体が未だにわからない。

相撲マニア

はっけよい
稲本さん
つかみ投げ
外小股
居反り
あとやってないレアな決まり手は…
いってぇ～
俺で練習するのやめてくんない？

神様の御用人4

「夢の簪《かんざし》」の謎を巡る、初の長編。
御用人の日々にも転機が――？

―2015年6月刊行―

　部屋に上がり込み、ダラダラしている大国主神に良彦がいいかげん辟易していたところ、宣之言書が新たな御用を知らせた。刻まれた「天道《あめのみち》根命《ねのみこと》」の神名を頼りに、和歌山へ向かった良彦は、意外な人物と再会することになる。
　神武軍《じんむぐん》と戦った女傑の伝承が残る名草《なぐさ》を舞台に、埋もれた歴史と人の子たちの想いが繙《ひもと》かれていく――。

収録エピソード

一柱　夢の簪
二柱　真実の行方
三柱　女王の遺言
おまけ・穂乃香の事情

●貴志川線（きしがわせん）

良彦が天道根命の社へ向かう際に利用したローカル線。実在する路線で、和歌山電鐵《わかやまでんてつ》株式会社が運営している。2007年に駅の隣の店で飼われていた三毛猫「たま」を駅長として採用したことで、全国へその名が広まった。「たま」は2015年に幽冥へ渡り、現在は「たま大明神」として貴志駅にある社に祀られている。

●幽冥主宰大神（かくりごとしろしめすおおかみ）

多くの別名を持つ大国主神の名前のひとつ。幽冥、つまり死後の世界を司る神。しかしこちらの性格が強く出過ぎると、作中では死者を呼び戻すなどのチートすぎる存在になってしまうので、多用されない。

●風鈴祭（ふうりんまつり）

作中では漢字表記だが、海南《かいなん》市で実際に行われていたお祭りは「かいなん夢風鈴まつり」。期間中、地域の神社に奉納された風鈴は、紀州漆器《きしゅうしっき》の伝統技法で色付けされたガラス製。

初めての長編となった話であったな。御用人を断っていたのが良彦の同級生だったとは、世の中も狭いものよ。

天道根命《あめのみちねのみこと》

【御用】簪の持ち主を捜してほしい。

◆饒速日命《にぎはやひのみこと》の護衛として紀国《きのくに》に降り立ち、紀国を治める神……だと言われているが……？　白い衣を着て、首には勾玉《まがたま》、髪は角髪《みずら》に結った正統派神様スタイル。同じ境内に祀られている日像鏡《ひがたのかがみ》と日矛鏡《ひぼこのかがみ》が、毎朝ダブルボケ漫才をするので真剣に見てしまう。

神武天皇《じんむてんのう》

◆天照太御神の五世孫。東征にて名草戸畔や長髄彦《ながすねひこ》らを討ち、橿原《かしはら》の地に都を開いて初代天皇となった。

名草戸畔《なぐさとべ》

◆和歌山の名草地方にいた首長。天道根命の姉。神武東征のおりに神武軍と戦い敗れ、身体を三つに断たれて別々の場所に葬られたと伝わる。貝を加工した丹色《にいろ》の簪（冠）を着けていた。しっかり者ゆえに、今でも弟の生活態度に口を出したくなる。

弟想い

忘れるな…
ニャーン
天道根命
忘れるな弟よ…
姉上…？
明日の祭祀の予習はしたか。お前は少し行き当たりばっ
新入りの神職の名前はスワではなくスガだ。名前をき
食べかけの献饌を放置してはならぬ。美味い物から先
潔斎あがりに半裸でうろうろするな。人の子に見えぬ
脱いだ服はたためと何度言えばわかるのだ。ど
日像鏡と日矛鏡の漫才は聞き流せ。神職が祝
ゲームは二時間まで。課金は三千円ま
燃えるごみは火曜日。プラごみは
寝る前にスマホを見るな
甘い物ばかりを食べて
水分補給は基本だが
参拝者によくよく向き合
そういえばこの間五十猛命から
先日たま大明神と話した折にちゅ～るの
お前には愛嬌が少々足りぬと思っておるの
趣味が悪い装飾品をいくつも集めるのはそろそろ
境内の外へ散歩に行くのはいいがついでにコンビニに立ち寄
きのこの山とたけのこの里なら当然たけのこの里を選ぶのが当
いくら和歌山ラーメンが美味いからと言って三日連続で食べに
くど くど くど くど くど くど
名草戸畔
ということがありまして
ふら ふら
名草戸畔暇なのかな

神様の御用人5

―2015年12月刊行―

夫婦のすれ違い、父子の想い。
神と神、神と人の絆も様々で――

短い夏休みを犠牲にし、LCCを利用してやってきた鹿児島では、「天《てん》孫《そん》」邇邇芸命《ににぎのみこと》とその妻の板挟みに。

さらに、完全な鳥になりたいと願う英雄神、重要な神事を前に失踪した福の神……様々な御用に翻弄されるなか、良彦と穂乃香の距離は少しずつ近づき始める。一方で、孝太郎を気に入り、推しまくる土地神様も登場して――!?

収録エピソード

一柱　天孫の鏡
二柱　英雄、鳥を好む
三柱　大地主神の恋わずらい？
四柱　えべっさんの草鞋《わらじ》

●神面（しんめん）

邇邇芸命の供であった伊斯許理度売命《いしこりどめのみこと》が、邇邇芸命の玩具として作った木製の面。霧島神宮《きりしまじんぐう》に奉納されている九面からインスピレーションを得ている。

●白鳥陵（しらとりのみささぎ）

倭建命《やまとたけるのみこと》の陵墓。ただし古事記と日本書紀で表記が違うことから、彼の墓（陵）とされる場所は三重県亀《かめ》山《やま》市と奈良県御所《こせ》市、大阪府羽曳野《はびきの》市の三カ所存在する。正確には埋葬されたのは亀山市の「能褒野《のぼの》陵」とされ、埋葬された後に白鳥になって飛んでいった先が御所市（日本書紀）と羽曳野市（古事記・日本書紀）。死んだあとなのに自由すぎる。羽曳野市の陵の前では、良彦がバイト先の遠藤とばったり出くわした。

●一本松（いっぽんまつ）

蛭児大神《ひるこのおおかみ》が愛した松の木。初代が枯れて以降、人々が思いを受け継ぎ二代目三代目と大事にされ、現在で五代目。西宮市の一角にある公園に実在し、今でも人々を見守っている。

人の子の間でも有名な神々ばかりが登場した話であったな。そういえばわしは、この時初めて「ひこうき」に乗ったのだぞ。鉄の塊を飛ばすとは、人の子もなかなかやるものよ。

邇邇芸命《ににぎのみこと》

【御用】長らく話し相手であった神面を、再び喋るようにしてほしい。

◆天照太御神の孫（天孫）。妻は大山積神の娘である木花之佐久夜毘売《このはなのさくやびめ》。派手で奇抜な服装をしているが、それは神面の示唆によるものだった。天孫と呼ばれることに少しだけコンプレックスがあるので、○○ちゃんのママと呼ばれたくない母親の気持ちがわかる。

倭建命《やまとたけるのみこと》

【御用】完全な鳥にしてほしい。

◆誰もがその名を知る古代日本の英雄。良彦の前には、頭部は人、身体は白い鳥という人面鳥の姿で現れた。本人曰く、未曾有の進化の途中らしい。顔面が人間のままだと、飛んだ時、風の抵抗がすごいことに気が付いた。

大地主神《おおとこぬしのかみ》

【御用】大主界隈の、今後一切の地鎮祭を孝太郎に執り行わせてほしい。

◆大主界隈を縄張りにする土地神。良彦の前には振り袖を着た少女の姿で現れた。自身に敬意を払ってくれる人の子に好意を抱く。田道間守命と一緒に、ハッピーターン研究会を立ち上げた。

蛭児大神《ひるこのおおかみ》

【御用】行方不明の蛭児大神を捜してほしい（眷属の神馬・松葉による依頼）

◆伊耶那岐神と伊耶那美神の間に生まれたが、足が不自由なことから海に流された神。福の神・エビス神として知られる。社の立地的に某球団関係者が参拝に来ることが多く、その時期は松葉がシマウマ（虎柄）になる。

福神の使い方

あれ？
穂乃香ちゃんもそのゲームやってるんだ？
ねこボ!!
MAP
ねこねこBox
昨日から始めてみたんだけど……
俺がまだ持ってないSSRもいるじゃん！
めちゃ強スキル持ちの!!
ここを押すのだぞ
その手があったか
神排出率UP!!
ガチャ？とかよくわからなくて訊いてみたの
蛭児大神に
またよからぬことを考えておるな？

神様の御用人6

―2016年8月刊行―

良彦と黄金、初めての関東へ！
神と人が〝妹〟を想う物語。

孝太郎に誘われ東京にやってきた良彦。そこで待ち受けていた平将門《たいらのまさかどの》命《みこと》は、なんと穂乃香の兄・怜司にとり憑いていた――!? 妹を溺愛し、良彦に激しい敵意を向けてくる怜司もまた、神々の思惑の渦に巻き込まれることになる。
北九州・宗像《むなかた》の地に祀られる三女神と、彼女らに愛された巫女の物語が蘇る古文書ロマンも収録。

収録エピソード

一柱　東国の武者
二柱　神様と兄と妹と
三柱　親愛なる姉上へ

●すいーつ激戦区自由が丘（すいーつげきせんくじゆうがおか）

黄金が独自の情報網で得たスイーツ知識。田道間守命もいつか行きたいと思っている場所。おしゃれなカタカナの店名が多いので、たぶん黄金も良彦も覚えられない。自由が丘っていう名前がカッコいい。

●四方拝（しほうはい）

一月一日に行われる宮廷行事。午前五時半に天皇陛下が神嘉殿《しんかでん》の南庭で、伊勢《いせ》の両宮と四方の諸神を拝すること。神武天皇陵や先帝三代の各山陵の他、建御雷之男神《たけみかづちのおのかみ》を祀る常陸国一宮の鹿島神宮、経津主神《ふつぬしのかみ》を祀る下総国一宮の香取神宮など、決められた社を順番に拝する。

●沖ノ島（おきのしま）

玄界灘に浮かぶ島。福岡県の最北端。海の正倉院《しょうそういん》とも呼ばれ、神に捧げられた数々の神宝が眠っている。女人禁制を貫き、男性であれば年に一度、大祭の折に上陸の機会があったが、世界遺産への登録に伴い、2018年以降は一般人の立ち入りを禁じている。作中では良彦が宗像三女神に招かれ、強制幽体離脱で上陸した。

東京やら茨城やらへ行ったかと思えば、次は九州へ招かれたりと、目まぐるしい時期であったな。そういえばわしはまだ、すいーつ激戦区自由が丘を堪能しておらぬぞ！

平将門命《たいらのまさかどのみこと》

【御用】自らがとり憑いている男を追いつめ、復讐に加担してほしい。

◆平安時代の豪族。下総国《しもうさのくに》を拠点に独立政権を企むが、藤原秀郷らに討ち取られた。東京・大手町に首塚がある。良彦の前には、怜司にとり憑く落ち武者として現れた。近年改修工事で塚が綺麗になり、ちょっと落ち着かない。

建御雷之男神《たけみかづちのおのかみ》

【御用】新たな世話役として、自らを祀った中臣時風の末裔を呼んできてほしい。

◆茨城・鹿嶋《かしま》に鎮座する神。古くから武神・軍神として崇められてきた。穂乃香の実家である大主神社の主祭神。相撲などの体力勝負にはめっぽう強いが、「ぷ○ぷよ」では経津主神に勝てない。

経津主神《ふつぬしのかみ》

◆鹿嶋の利根川をはさんだ向かい側、千葉・香取《かとり》に鎮座する神。建御雷男神とともに高天原から降り立ち、建御雷之男神の懐剣として仕える。有事には文字通り刀剣の姿となる。建御雷之男神に勝つために「ぷよ○よ」の腕を磨いた。

宗像三女神《むなかたさんじょしん》

田心姫神《たごりひめのかみ》／市杵島姫神《いちきしまひめのかみ》／湍津姫神《たぎつひめのかみ》

【御用】沖ノ島に、かつて巫女がいた証拠を探してほしい。

◆須佐之男命の娘の三女神。福岡県宗像市の沖合にある沖ノ島の沖津宮、大島の中津宮、本土の辺津宮にそれぞれ祀られる。サナの一件以来、ぬるぬるの海藻を石段に敷き詰める遊びが流行ったが、島を訪ねてきた須佐之男命が滑り落ちて以降、厳重に禁止された。

怜司現る!

久しぶりだな 萩原…いや
クソニート
そうだ！ 穂乃香の兄 怜司だ！
今日は 有休をとって 穂乃香に 会いに来た！
あ…あなたは 穂乃香ちゃんの お兄さん!?
わははははは
穂乃香への土産も こんなにあるぞ！ お前には到底 買えないもの ばかりだ！
喜ぶ顔が 目に浮かぶ ぞ！
お前は せいぜいそこで 指を咥えて 見ていろ！
ねぇあの人 お友達？
声うるさい つの
母さん お茶ください

神様の御用人7

―2017年8月刊行―

青い月光の下、記紀には残らない三《さん》貴《き》子《し》の秘密が明かされる――。

三貴子の一柱・月読命《つくよみのみこと》の願いは、弟・須佐之男命《すさのおのみこと》への贈り物を選ぶこと。しかし早々に弟神から断られ、御用は良彦の発案で「月読命の荒《あら》魂《みたま》を捜すこと」に改められた。それが神々の秘密を暴くきっかけになるとは思いもよらず……。一方、穂乃香も同級生の松下《まつした》望《のぞみ》と関わるなかで、月読命が失った「記憶」に近づいていく。

収録エピソード

一柱　白銀の男神
二柱　嚆矢の月
三柱　嘘と罪
四柱　瑠璃の満月

●荒魂・和魂（あらみたま・にぎみたま）

神道における神の御魂の概念。荒魂は天変地異を起こしたり、病を流行《はや》らせたりする猛々しく暴力的な神の一面を表し、和魂は陽や雨の恵みをもたらす、平和的で穏やかな一面を表す。

作中での月読命は和魂のみで顕現していた。

●竹取物語（たけとりものがたり）

言わずと知れた「かぐや姫《ひめ》」の物語。作中では、高天原から地上へ逃がされた月読命の妻が「かぐや姫」のモデルになったとしている。穂乃香の同級生である望は、この話を読むといつも泣いてしまう。

●思金神（おもいかねのかみ）

古事記において、岩戸に隠れた天照太御神を外に出すために、知恵を授けた神として描かれている。作中では天照太御神の側近として、時に厳しく彼女を見守る者として登場している。

二度目の長編は、三貴子の話であったな。姉弟の物語であり、家族の物語であったと記憶しておるぞ。良彦もまた、決意を新たにしたのであったな。

月読命《つくよみのみこと》

【御用】須佐之男命への贈り物を見繕いたい↓行方の分からない荒魂を捜し出してほしい。

◆伊耶那岐神と伊耶那美神の間に生まれた三貴子の一柱。夜の国を総べる神。白銀の長髪と瞳、狩衣を纏い、黒の手袋をはめている。良彦が【御用】を聞きに行ったときには、記憶が一日しかもたない状態にまで力を削がれていた。荒魂と和魂がひとつになってからもメモをする癖が抜けず、ほぼ日手帳を買うか悩んでいる。

天照太御神（大日孁女神）《あまてらすおおみかみ（おおひるめのかみ）》

◆高天原を総べる女神であり、太陽神の性格も併せ持つ皇祖神。本作では「大御神」の「大」をより強調させる意味で「太」と表記している。思金神を従え、普段は伊勢の社に鎮まる。時々どうしようもなく赤福が食べたくなる。

須佐之男命《すさのおのみこと》

◆月読命と天照太御神の弟。幼い頃は、三貴子の中で一番内気だった。兄である月読命を守るために、高天原での罪を被った。全国の様々な神社に祀られており、祇園祭で有名な京都の八坂神社はそのひとつ。威厳を保つための八拳鬚《やつかひげ》の手入れが意外と大変。

守るべきもの

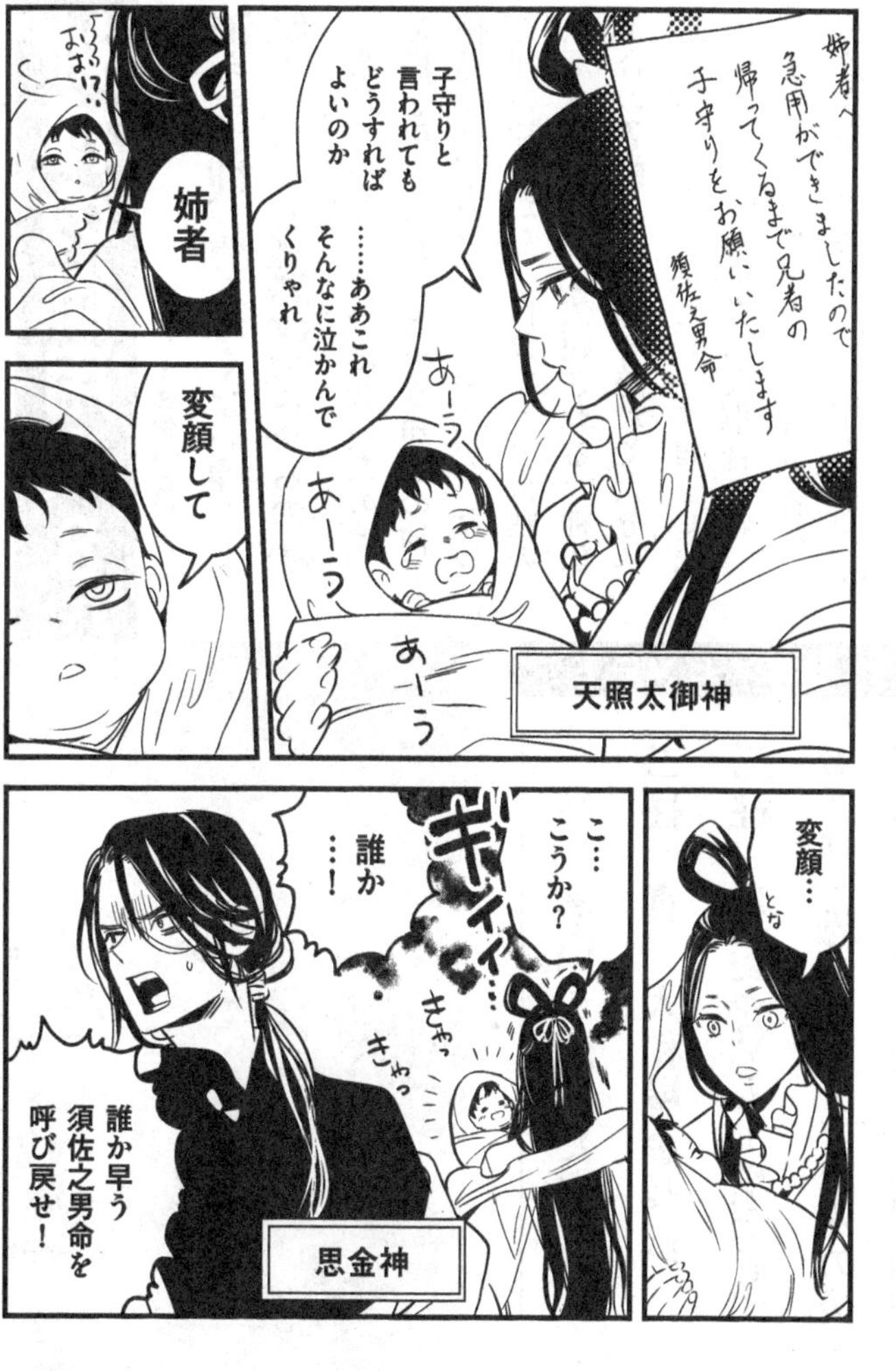
姉者へ
急用ができましたので
兄者の帰ってくるまで
子守りをお願いいたします
須佐之男命
子守りと言われてもどうすればよいのか
……ああこれ そんなに泣かんで くりやれ
あーう
あーう
あーう
天照太御神
姉者
おま!?
変顔して
変顔…
とな
こ… こうか?
ギィイ…
きゃっ
きゃっ
誰か…!
誰か早う須佐之男命を呼び戻せ!
思金神

神様の御用人8

―2018年11月刊行―

消えたい神、消えたくない神――
悠久を生きる憂鬱は晴らせるのか。

奈良の小さな社で出会ったのは、神様を引退したいという知恵の神。徳島では、力を削がれ半透明になった狸の神様から、自分たちの合戦の伝承を集めるよう依頼される。神仏習合の象徴・八幡神を訪ねて大分へ赴けば「新しい顔を描いてほしい」との難題が――動物眷属大集合の巻。

また、大学生になった穂乃香は、良彦から「あるもの」を贈られる。

収録エピソード

一柱　案山子が見た空
二柱　真・大和屋金長伝
三柱　世は変われども神は変わらず
おまけ・恐怖のドライブその後

よりぬき！御用人事典

●阿波狸合戦（あわたぬきがっせん）

江戸末期に成立したと思われる、徳島県に伝わる民話。明治から戦中にかけては講談で広まり、以降は映画などにもなった。合戦の大将であった金長狸《きんちょうだぬき》は、正一位《しょういちい》金長大《きんちょうだい》明神《みょうじん》となり、今でも社に鎮座し、人々に愛されている。

●BOZU inBar（ぼーずいんばー）

孝太郎の友人であり、天台宗の僧侶である川島信定《かわしまのぶさだ》が副店長を務めるバー。店長は、浄土真宗の僧侶、快真《かいしん》。店頭に立つ際は、皆自前の装束か、作務衣を着る。時折キリスト教の牧師も手伝いに来る。

●神仏習合（しんぶつしゅうごう）

神道と仏教が混ざり合い、再構成された現象。土着の信仰(神道)の地において、外国から来た仏教による鎮護国家の思想を利用し始めたため、両者の結びつきが緊密化していった。明治になって神仏分離が行われるまで千年以上続いた。中でも八幡大神は、仏教守護の神とされたため、全国の寺に鎮守神として祀られるようになった。

動物回と称されるほど、動物がよく出てきた話なのであるぞ。ちなみに表紙には久延毘古命《くえびこのみこと》と金長大明神がおるが、わし以外の神が表紙に登場したのは、彼らが初めてなのであるぞ。

久延毘古命 くえびこのみこと

【御用】引退したい久延毘古命を思いとどまらせてほしい（眷属の富久《ふく》と謡《よう》の依頼）。

◆あまねく天下のことを知る、知恵の神。にっこり笑った顔が描かれた頭部をもつ、案山子の姿。最近、通信講座を受講し、食生活アドバイザーの資格を取った。

金長大明神 きんちょうだいみょうじん

【御用】徳島・小松島《こまつしま》市に伝わる『阿波狸合戦』の話をできるだけ多く集めてほしい。

◆人間に祀られ、正一位を得た狸。良彦と出会ったときは力が削がれ、仲間の狸たちともども半透明だった。過去のトラウマから今でも犬が苦手だが、ご近所さんの飼い犬「まめ太」（ポメラニアン・オス・3歳）だけは、フォルム的にもわかり合えそうな気がしている。

八幡大神 はちまんおおかみ

【御用】今の時代に合った新しい顔を描いてほしい。

◆「八幡さん」「八幡さま」として、日本の神社の半数の約四万社に祀られる。平安時代の公家のような黒の束帯姿。冠の縁から「神」と書かれた紙が下げられ、顔が見えなくなっている。密かにアンパ〇マンに親近感を覚えている。

鳥の宿命

久延毘古命
なあ
案山子に鳥がとまってちゃ案山子の意味なくね？
!!?
ホオーーッ
申し訳ございません！
神威を損ねることになろうとは！
この冨久これにてお役御免を……！
冗談
冗談！

神様の御用人9

―2020年12月刊行―

襲い来る『大建て替え』の危機。黄金の過去がついに明らかに……！

長い眠りから目覚めた東の黒龍は、千年以上の時を経て今もなお人を深く憎んでいた。そして兄弟である黄金を喰らい、その力を利用して『大建て替え』――人の子を国土から排除しようと企てる。黄金を救い、惨事を防ぐため、良彦は黒龍と深い縁をもつ田村麻呂《たむらまろ》を訪ねるが……。巻き込んだのは神か人か。黄金や黒龍、田村麻呂の悲しき記憶たちが語られていく。

収録エピソード

一柱　二体の龍

二柱　過ち

三柱　嘆きの空

神様の御用人10

―2021年3月刊行―

神と人、願いと絆。
想いは時を超え、受け継がれていく――。

深い信頼で結ばれながらも、動乱の世に引き裂かれた田村麻呂と阿弖《あて》流為《るい》。愛した蝦夷《えみし》たちを奪われ、失意の底に沈む荒脛巾神《あらはばきのかみ》。神としての役割を果たし、人の子を救わなかった後悔に苛まれ続ける黄金――。神たちの切なる願いを知った良彦が、『神様の御用人』として選ぶ道とは。

過去と未来、遥かなる時を超えて繋がる絆の物語、完結編！

収録エピソード

四柱　抜けない刀
五柱　自らの役割
六柱　過去と現在
七柱　償いと決意
八柱　愛しいもの

9
10

よりぬき！ 御用人事典

●大建て替え（おおたてかえ）

日本の大地を震わせ、人の子をふるい落とし、水と火と風で清め、国を一から作り直すこと。作中では黄金（西の金龍）の片割れであり、荒脛巾神でもある東の黒龍が実行しようとしていた。

●百済王聡哲（くだらのこにきしそうてつ）

東大寺の大仏建立に一役買った百済王敬福《きょうふく》を曾祖父に、陸奥鎮守将軍である俊哲《しゅんてつ》を父に持つ。現存する記録は数えるほどしかなく、どんな人物だったのかは不明。作中では刀マニアとしてのびのび暮らしている。

●みかんまるごとぷるぷるひんやりぜりー

晴南《はるな》が買ってきたゼリー。その名の通りみかんが丸ごと入っており、ひと目見た黄金がどうしても食べたくなり、良彦に買っておけと言外に命じた。たぶんコンビニで買える。

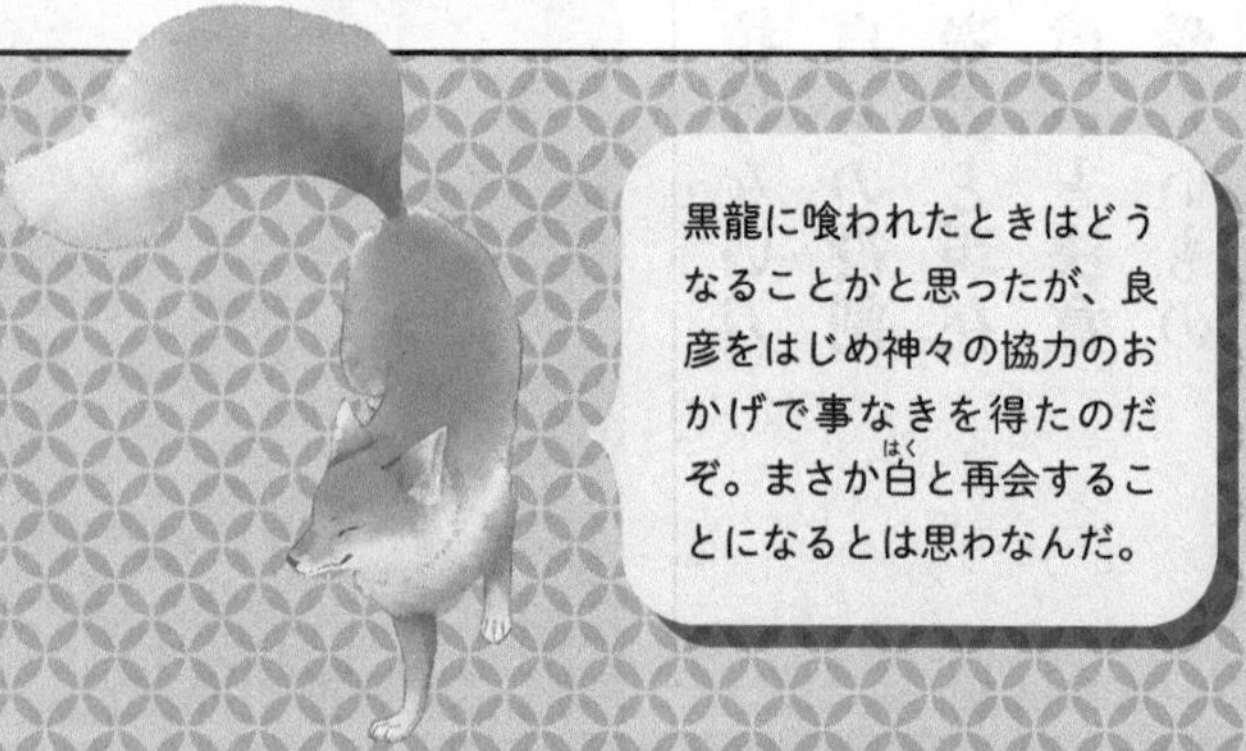

黒龍に喰われたときはどうなることかと思ったが、良彦をはじめ神々の協力のおかげで事なきを得たのだぞ。まさか白《はく》と再会することになるとは思わなんだ。

荒脛巾神　あらはばきのかみ

◆古事記などには登場しない、民間信仰の神。製鉄の神、賽の神など、様々な伝承がある。本作においては、元は国之常立神《くにのとこたちのかみ》の眷属であり、黒き鱗を持つ龍。片割れの金龍が西を守護するのに対し、自らは東の守護となった。蝦夷の一族と親交をもつ。最近ガーデニングに興味が出てきた。

坂上田村麻呂　さかのうえのたむらまろ

◆平安時代の武官であり、公卿《くぎょう》。陽に透けると金にも見える髪と、灰がかった瞳を持つ。桓武天皇の時代には二度にわたり征夷大将軍を務め、蝦夷である阿弖流為や母《も》礼《れ》らとは信頼関係を築いた。聡哲の影響で、自らの佩《はい》刀《とう》であった「騒《そ》速《はや》」を写した（？）とされる刀を見てみたいと思っている。

白　はく

◆伏見の社に鎮座する、宇迦之御魂神《うかのみたまのかみ》の元眷属。二度脱走しており、以降は半ば強制的に須佐之男命の麾下《きか》となった。一度目の脱走の際、金龍であった黄金と知り合い、結果的に人の子の食べ物の味を教えた。つい先日メロンパンにはメロンが入っていないことに気付いて愕然とした。

久久紀若室葛根神　くくきわかむろつなねのかみ

◆大年神の孫で、大気都比売神の子。八柱の兄姉の末弟にあたる。良彦の祖父である敏益の、最後の【御用神】だった。敏益亡き後も、城嶋カップルの結婚やビストロの開店を見届けた。余った材料で城嶋が作るまかない飯が意外と好き。

実家自慢

この先に
荒脛巾神が…
良彦…
どうした大国主神
うちだって階段じゃ負けてないから!
張り合うなよ

↑古代出雲大社本殿図

刀クラスタ

あれから刀のコレクションを整理したら珍しいものがあったのでお見せします
へーなになに?
百済王聡哲
まずはこちら須佐之男命が八岐大蛇を斬った天羽々斬剣《あめのはばきりのつるぎ》
さっ
いきなり神話のやつきた
続いてその八岐大蛇の尾から出てきた草薙剣《くさなぎのつるぎ》
すっ
待ってそれ三種の神器じゃ……
最後に日の本の大地を生んだ天《あめ》の沼《ぬ》矛《ぼこ》を…
ゴッ
ゴン
返してこい

御用人Q&A

読者の皆様から募集した質問に、作者が回答！
キャラクターの裏話や、気になるエピソードのその後などを、
お答えできる範囲で公開します！

黄金への質問

Q 黄金はお菓子大好きですが、苦手なお菓子はありますか？

A 食べにくいという意味で、ポロポロ割れてしまうお菓子が苦手です。

Q 黄金さんは、甘味以外に好きなものはあったりするのでしょうか？

A 家庭料理全般。

Q 黄金のダイエットのエピソードを知りたいです。
初期の頃と比べると、やっぱり太りましたか？
黄金は体重計に乗ったことはあるのでしょうか？

A 毛が増えただけだ（本神談）。
体重計に乗ったことはありませんが
用途は理解しています。

Q 黄金様は「きのこの山」派？
「たけのこの里」派？

A 神として争いの火種を生むわけにはいかぬ……（本神談）。

Q
黄金は毛並みを整えるために何をしていますか？

A
特に何もしなくてもツヤツヤモフモフです。神だから。

Q
黄金にも換毛期はありますか？　冬毛の黄金をモッフモフしてみたいです！

A
季節問わずそれなりに毛は抜けるようです（良彦のプロフィール参照）。

Q
黄金がみんなに隠している趣味ってありますか？

A
朝ドラ視聴。

良彦への質問

Q 良彦と黄金、一人と一柱の意外な共通点があれば是非教えてください……！

A どちらも寝つきがいいです。

Q 良彦は、一人暮らしをする予定などはあるのでしょうか？

A 可能性はあります。

Q 良彦は、家族に御用人であることを、ずっと話さないつもりなんでしょうか？

A 話しても信じてもらえないと思っています。

Q 良彦はサードを守っていたらしいですが、打順は何番ですか？　あと、足は速かったんですか？

A 1番で、切り込み隊長と呼ばれていました。高校時代50メートル走は6秒台でした。

Q 1巻の時に、黄金から食べる前に和歌を詠むことを教えられた良彦は、それから実践しているのでしょうか？

A 完全に忘れて「いただきます」しか言っていません。

Q 良彦は手先は器用ですか？

A わりと器用です。

Q 良彦はどんな本を好んで読むのでしょう？

A ほぼ漫画です。

穂乃香への質問

Q 10巻のラスト。黄金を師匠と呼ぶ男の子は、もしや良彦と穂乃香の息子ですか???　気になって夜しか眠れません！

A 寝れとるやないかーい！

Q 田道間守命と作ったシュークリーム、良彦に作ったパウンドケーキ以降も、穂乃香は何かお菓子作りをしましたか？

A ココアクッキーを作りましたが、見た目が完全に溶岩でした。

Q 穂乃香は大学で何を専攻していますか？

A 日本文化史です。

孝太郎への質問

Q 孝太郎にもいつか黄金が見えるようになりますか？

A 黄金が意図しない限り見えないです。

Q 良彦と孝太郎の学生時代のエピソードを知りたいです。

A 高校一年の林間学校で、時間制限のある慌ただしい入浴の際、俯いて髪をすすいでいる良彦に孝太郎がシャンプーを延々かけ続けたことがあります。

Q 孝太郎の好きな女性のタイプは？

A 年上のサバサバ系。

その他の人々への質問

Q 良彦のおじいちゃんのおもしろ御用人エピソードはありますか？

A 一人でふらっと御用に行ってしまうので、最初の頃は奥さんに浮気を疑われました。

Q 穂乃香ちゃんを溺愛しているあのお兄さまのその後が知りたいです！

A 猟銃はまだ所持していません。

Q 遥斗はその後、良彦や穂乃香と関係を続けていますか？

A 穂乃香とは大学で会いますし、良彦ともなんだかんだ連絡を取っています。

Q 良彦の４歳下の妹・晴南は、黄金から鬼神という名をつけられていますが、神様からの名付けはその人に影響はないのでしょうか？

A 単なるあだ名のような感じなので特にないです。

神様たちへの質問

Q JAの稲本さんの好きなおにぎりの具は何ですか？

A 昆布。でも至高は白米のみのおにぎり。

Q 須勢理毘売が海にドライブに行くならその人選は？

A 穂乃香は車酔いしないので誘われがち。

Q 須勢理毘売が、車を運転する時に聴く曲はどんな曲ですか？

A 天城越え。

Q 大国主神は、何枚くらいパーカーを持ってますか？　白以外の色もありますか？

A 白と黒が多いです。20枚くらい持っています。

Q 一言主大神様が今ハマっているゲームはなんですか？

A 某色塗り陣地取りや大乱闘ゲーム、どうぶつと一緒に島開拓とかしてます（大人の事情のため察してください）。

Q 少彦名神の御用で大量に買った入浴剤は消費できたのでしょうか？

A ほぼ妹が消費しました（カレー以外）。

作者に質問！

Q 登場人物の名前はどのように決めましたか？

A 雰囲気や誕生月などのイメージで決めました。

Q 御用人を引退した後は、やっぱり神様は見えなくなってしまうのですか??

A 見えなくなりますが、仲良くなった神様は姿を見せてよく会いに来ます。

Q 登場する神様や人物の中で、浅葉先生っぽい外見or考え方だなと思うキャラはいますか？

A 孝太郎の、清濁併せ呑みつつ「神仏を尊びて、神仏を頼らず」という考え方は似ています。

Q 『神様の御用人』を書こうと思ったきっかけはありますか？

A 当時の担当さんに神社検定を受ける話をしたのがきっかけ……だったかもしれません。

三柱　ありふれた日常

一

「い、いらっしゃいませ」

扉の開く音に反応して、穂乃香《ほのか》は店の入口を振り返った。

「何名様ですか？　――二名様ですね。こちらへどうぞ」

大学からほど近いカフェでアルバイトを始めて、ようやく半月が経とうとしていた。最初のうちはなかなか言えなかった接客時の決まり文句も、ようやく照れがなく言えるようになってきたところだ。

「吉田《よしだ》さん、ついでにこれ二番にお願い」

水を出すためにカウンターへ戻って来た穂乃香に、四十代ほどに見える女性が、ショーケースからケーキを取り出しながら指示を出す。このカフェのオーナーだ。もともと某ホテルでパティシエをやっていたという彼女が、一昨年にオープンさせた店だった。席数が十六席のこぢんまりとした店で、壁や天井こそ打ちっぱなしのコンクリートだが、白のダクトレールや木製のシーリングファンのおかげで、冷たい印象はない。配置された観葉植物や、籐《とう》製のソファなども相まって、南国のような雰囲気がある。季節のタルトや限定のチョコレートケーキが人気で、今日は土曜日ということもあり、若者を中心ににぎわっていた。

「お待たせしました。和栗《わぐり》のタルトとブレンドコーヒー、ガトーショコラとカフェラテです」

穂乃香が二番テーブルへケーキを持って行くと、そこにいた男性二人組が待ちかねたように出迎えた。

「待ってたぜ。菓祖神の田道間守命《たじまもりのみこと》が美味いっていうんだから相当だろうな」

「や、やめてください大年神様《おおとしのかみ》……！　でもここのけえきが美味しいのは本当ですよ！」

どうやら御用人の友人である天眼の娘がアルバイトを始めた、という話が、一部の神を通して広まったようだった。おかげでアルバイト当日から、面識のある神が代わる代わる穂乃香の様子を覗《のぞ》きに来る。人の目に姿が映るようにして、きちんと客としてくる者もいれば、姿を消したまま店内に入り込んでくる者もおり、うっかり話しかけそうになることも何度かあった。蛭児大神《ひるこのおおかみ》が松葉《まつば》を伴って来店した時などは、店の外に行列ができるほどになってしまい、困惑するオーナーと、先輩アルバイトと三人で汗だくになって客をさばいたほどだ。

「ゆっくりしていってくださいね」

フォークを手に取る二柱にそう声をかけて、穂乃香は店内を見回した。席は八割ほど埋まっているが、すでに注文の品を提供し終わっており、あとは先ほど来店した二人組の注文を聞くだけだ。今日はいつも指導をしてくれる先輩が休みなのもあり、体力以上に気疲れしていた。それでも、この仕事を始めたことに後悔はない。もともと内向的な性格の自覚はあり、どんな神様の懐へもするりと入ってしまう良彦や、誰とでも親しくなってしまう望《のぞみ》を見るにつけ、自分ももう少し他人とコミュニケーションがうまく取れるようになれないだろうかと考えていたのだ。そんな折に良彦から神職を目指したいという話を聞いて、俄然《がぜん》やる気に火が付いた。

「良彦さんだって前を向いてるんだから、私だって……」

何もアルバイトひとつで、自分の性格が百八十度変わるとは思っていない。けれど、知らない人と話すことのハードルは下がるだろう。その上バイト代ももらえるのだ。特に欲しい物があるわけではないので、両親と兄に食事でもごちそうできればと考えている。そして残りは貯《た》めておいて、良彦が神職になったときに、何か記念になる贈り物ができたらと。入学祝いのお返しを、ずっとしそびれたままなのだ。

二人組の注文を聞き終わり、お冷や用のグラスの補充をしようとした矢先、店の扉が開く音がして、穂乃香は慌ててカウンターの外に出た。

「いらっしゃいませ」

来店したのは、中学生くらいに見える男の子だった。少年と呼ぶにはやや無理があり、かといって青年と呼ぶにはもっと無理がある、というような微妙な年頃だ。身長は穂乃香と変わらないように見え、顔立ちは整っているのに、どこか不機嫌そうな目つきが気になった。

「何名様ですか？」

穂乃香は教えられたとおりに尋ねる。

「ひとり……」

答えようとした彼は、店内の一角に目を留めると、明らかに顔色を変えて息を呑み、そのまま踵を返すと逃げるような勢いで店を出て行った。

「え……」

穂乃香は呆気《あっけ》に取《と》られて、その場に立ち尽くした。何かまずい対応をしただろうか。それとも店内に、会ってはまずい知り合いでもいたのか。

「吉田さーん、これ五番にお願い！」

「あ、はい！」

厨房からオーナーに呼ばれて、穂乃香は我に返る。

十九時の閉店まで、あと五時間弱。しっかりと自分の仕事に集中しなければならなかった。

⛩

「ちょっと意外だったな」

最寄りのバス停から目的地までの道すがら、良彦の隣で孝太郎が素直な感想を漏らした。

「穂乃香ちゃんがアルバイト始めるとは思わなかった」

十一月も半ばを過ぎて、いよいよ空気には冬の気配が混ざり始めた。京都の街は紅葉シーズンを迎え、観光客も増える時期だ。観光地ではない良彦の生活圏内でも、それらしき人々を見かけるようになった。

「しかも接客業だろ？　わりと思い切った選択だよな」

白の薄いニットの上に、黒のテーラードジャケットを羽織った孝太郎は、同意を求めるように良彦に目を向ける。

「まあ本人も迷ったみたいだけどね」

良彦は、パーカーのポケットに手を突っ込んで歩く。穂乃香からアルバイトを始めたと聞いたときは驚いたが、出会ってから徐々に変化してきた彼女を思えば、当然の流れのようにも思えた。他人と話すこともやっとだった女子高生は、今や大学生となり、羽化する蝶《ちょう》のように変わろうとしている。今日はその様子を見るために、夕方からのバイトの前に、彼女が働いている店に孝太郎と顔を出すつもりだった。

「結構人気のカフェらしいよ。ケーキが美味いんだって」

「お前がお茶に誘うとか何のつもりかと思ったけど、そういうことなら納得だ」

孝太郎があきれ気味に息を吐く。

「それにしても、相変わらず穂乃香ちゃんと仲いいな」

意味ありげに言われて、良彦はひそかに息を呑んだ。

「高校生の時はさすがにちょっとと思ったけど、成人して大学生になったことだし、当人たちがいいならオレは——」

「だからそういうんじゃねぇから！」

「へえ、違うんだ？」

意地の悪い笑みを浮かべる孝太郎に、良彦は顔をしかめる。自分でも気づかないふりをしている意識を、無理矢理に叩《たた》き起《お》こされるのは気分がよくない。

「今日はお前に訊きたいことあんの！　だから誘ったの！」

「はいはい。そういうことにしとこうか」

子どものようにあしらわれ、良彦はやや前方を歩く友人の澄ました後ろ頭を恨めしく見返した。

「絶対面白がってるだろ……」

自分の人生すらままならない中で、恋愛ができるほど良彦は器用な人種ではない。孝太郎に聞こえないようぼやいた良彦は、気を取り直すように深呼吸をして歩調を速めた。そして歩道の先で、行儀よく座っている白い大型犬に気付く。

今日は黄金が同行しておらず、目の精度はいつものままだ。その目に見えているということは、生きている普通の犬だろう。稲荷の一件以来、犬や猫を見かけるともしやと疑う癖がついてしまった。

「御主人待ってんの？」

犬好きの性で、思わず足を止めて話しかけると、街灯にリードを繋がれた犬は少し驚いたような顔をした。近くで見てみると、幼児ならその背に乗れてしまうのではと思うほど大きな体躯だ。真っ白な毛並みはふかふかと柔らかそうで、大きな立耳と、太い脚に目がいく。日本犬というよりジャーマン・シェパードやシベリアン・ハスキーのような印象だが、豊かな毛に埋もれるようにしてある桜色の首輪が、犬の印象をどこか可愛らしく見せていた。

「格好いい犬だな。何犬だろ」

「不用意に触るなよ。チワワに噛まれるのとはわけが違うぞ」

「わかってるよ」

手を伸ばしそうになっていた良彦は、寸前で堪えた。犬の方は吠《ほ》えることもなく尻尾を振り、黒々と輝く目でこちらを見上げているので、敵意はなさそうだが。

「青藍《せいらん》！」

不意にその声が聞こえて、犬がはっとそちらを振り向いた。良彦もつられて目を向けると、中学生かそれとも高校生かという年頃の男の子が走ってきて、良彦を押しのけるようにして街灯から手早くリードを外した。

「君の犬？」

良彦が話しかけたが、彼は答えることもなく、こちらに鋭い一瞥を投げて歩き去った。連れられて行く犬の方が、良彦を振り返り少し名残惜しそうにしている。

「……なんか、すげぇ睨《にら》まれた」

「犬さらいだと思われたんじゃないか？」

「ただの善良な犬好きなのに？」

「他人様のものに気安く話しかけんなってことだろ」

孝太郎はさほど興味もなさそうに言って、再び歩き始める。世知辛い世の中になったものだと、ひとつ息を吐き、良彦はその背中を追った。


「いらっしゃいま……あ」

カフェの入口を開けると、すぐに振り返った穂乃香が、ぱっと花が咲くような笑顔を作った。覚えることが多くて大変だ、という話は聞いていたが、白いシャツに茶色いエプロン姿も板についているように見える。

「こんにちは、穂乃香ちゃん」

孝太郎が抜かりなく、営業用の笑顔で挨拶する。その流れ弾を食らった窓際の二人組のマダムが、にわかに色めき立った。

「こんにちは藤波《ふじなみ》さん、良彦さん」

「二名様だけど、空いてる？」

良彦がこちらから自己申告すると、穂乃香が、ご案内しますと微笑みながら席まで先導した。

「よう、良彦。お前さんも来たか」

ふとテーブル席から声をかけられて目をやると、そこでは大年神《おおとしのかみ》と田道間守命《たじまもりのみこと》が仲良くケーキを突いていた。

「なんだ、二柱《ふたり》とも来てたの？」

「和栗のタルトが美味いぞ。おすすめだ」

「ガトーショコラもなかなかです」

「マジ？　ちょっと選択肢に入れるわ」

気安く言葉を交わして席に着くと、孝太郎からは不思議そうな視線を向けられる。

「お前の交友関係、相変わらず謎だな。年も離れてるのに、どこで知り合うんだ？」

「あー……えーと……町内会関係とか……？」

「お前の口から町内会っていう言葉が出てきたことに、オレは今衝撃を受けてる」

「オレだって回覧板まわしたりしてるっつーの」

この友人は、一体どこまで自分を引きこもりだと思っているのか。

迷った末に和栗のタルトとホットコーヒーをオーダーした良彦は、商品が運ばれてきてから、ようやくぼそりと切り出した。

「……神職になるって話のことなんだけどさ」

それを聞いて、コーヒーに口をつけていた孝太郎が、改めてこちらに目を向けた。

「やっぱ本気なのか？」

「うん……まあ、今んとこ……」

そう言って、良彦はボディバッグの中から丸めたパンフレットを取り出した。

「一応いろいろ調べて、資料請求もしてみたんだ。オレは大学出てるから、京都國學《こくがく》院《いん》（養成所）の専修課程で二年間勉強するのがいいっぽいんだけど……合ってる？」

神職になるには、神職課程のある大学に行くか、神職養成所に通って資格を取らねばならない。通信教育もあるようだが、急いで資格を取得し跡を継ぐ必要がある場合など、基本的には神社の子息向けのものなので、一般家庭育ちの良彦には適用されないはずだ。

「合ってる。よく調べたな。今更四年間大学に通う気もないだろ？」

孝太郎は、東京の大学で四年間の神職課程を修了して神職となり、その後の実務などを経て、現在は明階という階位を取得している。良彦が二年間養成所に通い、その後二年間の奉職や研修を終えれば、孝太郎と同じ階位を授かることは可能だ。ただし養成所に在籍する間は、決められた神社に寄宿し、そこで社務実習を行いながら、カリキュラムをこなしていくことになる。つまり入学金や授業料、教科書代の他に、月額の寄宿費も必要になってくる。

「……基本的に休業日は週に一回で、夏休みとかの長期休暇はあるけど、助勤奉仕があるから完全な自由じゃなさそうだし、バイトするのはちょっと無理っぽいよな……？」

ただでさえ良彦には、優先すべき御用人の仕事がある。わずかな自由時間をそちらに充てるとなれば、アルバイトをする余裕はないと思った方がいいだろう。

「金のことを言ってるんなら、事前に全部貯めておく方が無難だな」

「だよなぁ……」

口に入れたタルトと真逆の苦さを、良彦は吐き出す。

「いくらかかりそうなんだ？」

「……とりあえず、入学する時点では百万くらいあればなんとか。でもその他にも寄宿費がかかってくるから、最終的にその倍はいるかも……」

「今の貯金は？」

「……三十万……あるかないか……」

良彦はぼそぼそと申告する。そもそもの給料が同年代の会社員の平均額より低い上、全国を飛び回っていたおかげで、貯金など微々たるものだ。

「パンフレットを見る限り、願書の受付は一次が十一月、二次が二月だけど、間に合いそう？」

孝太郎に問われて、良彦は渋面で首を振った。

「無理に決まってんだろ。十一月って今月だぞ。二月までだってあと三カ月しかないのに、どうやって百万貯めるんだよ」

「ま、そうだろうな。じゃあ来年が目標か」

あっさり言って、孝太郎は見開きのパンフレットを閉じる。

「とりあえず一年で百万以上、最終目標は二百万、寄宿費も賄えるようにできるだけ多く金を貯めることだな。それでもだめなら、もう一年待ってもいい。一応三十歳未満なら受験資格はあるから、それまでに間に合えばいいいんじゃないか？」

良彦は、差し出されるパンフレットを複雑な面持ちで受け取る。さも簡単なことのように言われたが、金を貯めるだけの節約生活は、精神的にかなりきついだろう。

「百万以上、最終目標二百万か……」

もう当分、気軽にカフェに来るということもできなくなるかもしれない。それでもやめようと思わない自分に、正直驚きもしている。

良彦は、タルトの残りを口に放り込んで、店内を忙しく歩く穂乃香へ孝太郎越しに目を向ける。彼女が日々成長していくように、自分も立ち止まってはいられない。

「とりあえずやってみればいいよ。お前、本番に強いからなんとかなるだろ」

幼馴染に言われ、良彦は少し気が緩むように、唇を持ち上げて頷いた。

二

「シフトを増やしたい？」

孝太郎と別れてバイトに向かった良彦は、仕事が終わった後、社員でありチーフの三浦《みうら》に、思い切ってそのことを伝えた。

「それはいいけど、どうしたの？　なにか困ってる？」

パソコンの画面から顔を上げて、三浦が少し心配そうに尋ねた。ここ二年の間で、良彦が休み調整以外でシフトの件に触れたのは、今回が初めてだ。驚きもするだろう。

「いえ、困ってはないです。ただ、ちょっと、資格取るのにお金貯めたくて」

良彦はなんとなく恥ずかしくて苦笑する。二十六にもなって今更、と思われるかもしれない。

「へえ、資格か！　いいじゃないか」

しかし良彦の予想とは裏腹に、三浦は明るく口にする。

「食っていける資格は大事だよ。萩原君はまだ若いんだから、やる気になったんならいいことだね」

以前社員になる話を断った際、三浦はとても残念がってくれた。けれど同時に、やりたいことがあるのなら応援するとも言ってもらった。今の言葉は、きっと彼の本心からのものだろう。

「ちなみになんの資格？」

問われて、良彦は口ごもる。訊かれることはわかっていたが、自分から堂々と口にするにはまだ勇気がいる。

「あー……一応、神職、です」

ぽかんと口を開けた三浦が、良彦を確認するように頭の先からつま先までを眺めた。

「神職……萩原君が……」

「やっぱ変ですかね？」

らしくない、と言われるであろうとは思っていた。何しろそんなキャラではない。スニーカーのせどりをやると言い出した方が、まだ納得してもらえたかもしれない。

「いや、意外過ぎてびっくりしたけど、いいと思うよ。確か友達が神職じゃなかったっけ？」

「あ、はい、そうなんです。その影響もあったりなかったり……」

孝太郎が神職でなかったら、御用人として神と人とのかかわりを考えこそすれ、職業として資格を取ろうと考えることはなかったかもしれない。

「そうか……。わかった、シフトなら調整してみるよ。ちょうど長期の受注先が増えそうだから、萩原君を優先で入れておく」

「すみません、ありがとうございます」

なぜだか少し嬉しそうにシフト表を呼び出す三浦に、良彦は素直に礼を言う。思えばこのバイト先は、膝を壊し、会社を辞め、引きこもった後でリハビリ的に入ったところだ。こんなに長く続けるとは思っていなかったが、その頃から自分を見ていた三浦からすれば、いろいろと気を揉《も》んでいてくれたのかもしれない。社員にならないかと声をかけてくれたのも、そういうことだろう。家族と友人以外にそんな人がいたことを改めて実感して、良彦はひそかに胸を熱くした。

——ただ、金を貯めることについては、情だけではどうにもならない。

バイトからの帰り道、良彦はどうにかして手っ取り早く金を増やす手段はないかと考えを巡らせた。シフトを増やしてもらえるのはありがたいが、今口座に入っている三十万弱を、どうにかして増やすことはできないだろうか。

「まあ……手近なギャンブルという手もあるにはあるけど……」

以前パチンコ店の清掃に入ったことを思い出して、良彦はぼやく。実は先ほど、スマホで馬券が買えることも知ってしまった。大穴が当たれば貯金が一気に倍になる可能性もある。しかし問題は、良彦にパチンコも競馬もほぼ経験がないということだ。

「パチンコ打ったの何年前だっけ……」

確か大学時代、先輩に連れられて行ったはずだが、その一回きりだったのでほぼ記憶にない。

「競馬とか競輪とか競艇とかは、ある程度勉強が必要そうだしなぁ……」

あるいはその現場に福の神である蛭児大神《ひるこのおおかみ》を連れて行けばどうだろうか、などという考えがよぎったが、松葉に蹴られ、黄金には説教される未来しか見えず、良彦は早々に諦めて帰路についた。

家に帰って遅い夕食を摂ってからも、いろいろとネットで検索してみたが、仮想通貨も投資も、良彦の理解力が追いつかないので、使いこなせる気がしない。

「やっぱ地道に稼ぐしかないかぁ……」

椅子の背もたれを軋《きし》ませながら、良彦はぼやく。すると、それまでベッドの上で何やら思案気にしていた黄金が、不意に噛みつくように声を上げた。

「あ、当たり前であろう！　目的のために自ら汗を流すのは当然のこと！」

「うわ、びっくりした……。何怒ってんの？」

本日黄金とは別行動だった。良彦がギャンブルのことで逡巡《しゅんじゅん》していた姿は、見られていないはずだ。

「……どうせお前のことだ、何か良からぬことを考えていたのであろう」

黄金は取り繕うように、ベッドの上で尻尾を足に巻き付けて座る。

「オレだってたまには、地球温暖化とかに想いを馳せてるかもよ？」

「では何を考えていたのか言ってみろ」

「百万円拾う確率」

しれっと答え、良彦はメッセージの着信を知らせるスマートホンに気づいた。

「……三浦さん？」

仕事の件だろうかとメッセージを開くと、急な話なんだけど、という前置きから始まり、明日の日曜に妹夫婦が引っ越しをするのだが——という文面がつづられている。

「荷物が少ないから家族でやる予定だったんだけど、あと一人助っ人がいたら助かるんだ。もし手伝ってくれるなら昼食付で一万円払うけどどう……？」

一万円、という文字に、良彦は釘付《くぎづ》けになる。

ちょうど明日は予定もない。体力くらいしか取り柄がないので、知り合いの引っ越しを手伝うだけで金がもらえるなら、願ったり叶ったりだ。

「うん、やっぱ、近道はねぇんだよな……」

二つ返事で了承のメッセージを送り、良彦は天井を仰ぐ。

野球を始めたばかりの頃、早く上手《うま》くなりたくて、陽が落ちて球が見えなくなるまで練習していた日々のことを、ふと思い出した。

⛩

翌日の午前中、良彦は約束通り三浦と待ち合わせて、三浦の妹夫婦の家を訪ねた。梱包《こんぽう》などはすでに終わっており、良彦たちには洗濯機や冷蔵庫などの運搬を頼みたいと言う。

「突然お願いしてごめんね」

そう言って姿を見せた三浦の妹は、妊娠六カ月だという膨らんだお腹を摩っていた。

なるほどそれで自分に声がかかったのかと、良彦は納得する。

「なんでもやるんで、言ってください」

四人の中で一番若い良彦は、率先して動いた。妹の夫が借りてきた二トントラックに、とにかくどんどん荷物を積んでいく。幸い食器棚やベッドなどは、新居に合わせて新しく購入したらしく、直接あちらに届くので運ぶ必要はないとのことだった。こうなると、家電以外に大きなものはほぼない。引っ越し先も市内なので、移動距離も少なく、うまくいけば昼には終われそうな予感があった。

どうにか荷物を積み終わり、掃除とこまごましたものをまとめたいという夫婦を旧居に残し、良彦は三浦とトラックに乗り込んだ。

「今までアパート暮らしだったんだけど、今回新居を購入しての引っ越しなんだ。妹の体調のこともあってバタバタしていたから、本当に助かったよ」

トラックを運転しながら三浦にそんなことを言われて、良彦はいやいやと首を振る。

「オレの方こそ、声かけてもらってありがたかったです」

良彦が金を貯めたいと言っていたからこそ、三浦は声をかけてくれたのだろう。力仕事ができる若い男なら、良彦以外にも心当たりはあったはずだ。

二十分ほど市内を走り、三浦はオープン外構の真新しい家の前でトラックを停《と》めた。

「中古の一軒家をリフォームしたんだって」

「へぇ、新築みたいですね」

良彦は素直に感心しながら車を降り、荷台を開けた。積み込んだ段ボール箱には、それぞれ寝室、リビング、洗面所などと場所が書いてあるので、その通りに置いてくれればいいとのことだった。軽そうな箱を二つ重ねて持ち、玄関へとやってきた良彦は、そこで三浦がしきりに首を傾げているのに気づく。

「どうしたんですか？」

「鍵が開かないんだよ。確かに預かったこれで間違いないはずなんだけど……」

三浦が持つ鍵には、名札付きのキーホルダーがついており、そこには『新居』と書かれている。念のために良彦が鍵穴に差してみたが、奥まで差さるものの、そこから先が左右どちらにも回らないのだ。

「……なんか、力任せにやったら折れそう……」

「うん、それが一番怖いよね」

二人の意見が一致して、とりあえず鍵はいったん三浦が預かった。

「ちょっと妹に電話して、鍵が間違いないか確かめるよ」

「じゃあオレは、一応窓とかが開いてないか見てみますね」

望みは薄いが、念のためだ。ここでロスしてしまう時間が惜しい。

良彦は家の周囲をぐるりと歩きながら、手の届く窓を確かめて歩いた。家の左右は隣家との境になるブロック塀が迫っており、人が一人通れるくらいの狭さだ。裏まで回ると少し開けて、家庭菜園くらいはできそうな余裕がある。その裏庭に面した掃き出し窓に手をかけた良彦は、今までとは違う手ごたえを感じて顔を上げた。

「……ここだけ開いてる」

なんだか嫌な予感がして、良彦は慎重に窓を開けた。一応ガラスに傷などはない。単なる閉め忘れならいいのだが、不審者が入り込んでいたり、悪戯《いたずら》されていたりしたら厄介だ。窓を開けた先は和室になっており、今のところ変わった様子はない。このまま入っていいか迷って、良彦は三浦を呼びに行こうとしたが、まだ電話中なのを見て結局裏へと引き返した。

「まあ、すぐに玄関開ければいっか……」

事情が事情なので許されるだろうと、良彦は靴を脱いで、和室の中に一歩踏み込んだ。その途端、柔らかな空気の層に突っ込んだような感覚が全身を包んだ。なんだ？と思う間もなく、二歩目を踏み出した瞬間、今まで誰もいなかった和室の中に、突如白装束の老爺《ろうや》が佇んでいることに気づいて息を呑んだ。しかもその老爺の顔は醜く爛《ただ》れており、顔の右半分は肉が崩れてほとんど原形がない。鼻もつぶれ、左の目玉はあらぬ方角を向いて忙しなく動き、唇からは血が滴っていた。抜け落ちた白い頭髪が辺りに散乱し、枯れ枝のような手が小刻みに震えながらこわばっている。

「痛《いた》や……痛や痛や痛や……」

老爺はそうつぶやきながら、左の目玉をぎょろりと動かして良彦を捉えた。

「この身に杭《くい》を打ったは誰ぞ……削ったは誰ぞ……お前か……お前が我の安寧を奪ったか……？」

あまりに衝撃的な光景に、良彦は金縛りにあったようにその場から動けなかった。

老爺の唇からぼたりと血が落ちるのを目で追う。幽霊の類は見ない体質だ。神であっても、宣之言書《のりとごとのしょ》に神名が出るか、あちらから歩み寄ってくれねば、良彦の目には映らない。――ということはこの老爺は望んで姿を見せているのかと、ようやく思考が追い付く。

「誰の許しを得て、この地に住まおうとするか。誰の許しを得て、我の守護する土地を奪うか。答えよ。答えよ。疾《と》く答えよ……！」

怒りをはらんだ叫びが、良彦に投げつけられる。それは風圧となってぶつかったが、冷静さを取り戻した良彦は足を踏みしめて堪えた。大丈夫だ、と心のどこかでもう一人の自分が言う。

見た目に惑わされるな。

須佐之男命《すさのおのみこと》と対面した時の方が、もっとずっと、ひれ伏したくなるような畏怖《おそろし》さだった。

「もしかして、この辺りの大地主神《おおとこぬしのかみ》？」

腹が据わって、良彦はいつものように尋ねた。

「オレ、吉田山《よしだやま》界隈の大地主神《おおとこぬしのかみ》なら知り合いなんだ。知ってる？　着物着てて、緑の髪で、今は小学生くらいの女の子の姿になってる」

良彦があまりに普通の口調で話しかけるので、老爺の方が戸惑ったように左目で瞬きした。

「それともあれ？　昔この辺で祀られてた神様とか？」

もしかすると、民間信仰などで作られた塚が、神に断りもなく撤去されてしまったのだろうか。良彦の問いに、老爺ははっと我に返るようにして、再びぎょろりと目玉を動かした。

「まあ……そんな感じじゃ……」

「ていうか、ここ新築じゃなくてリフォーム物件だって聞いたけど、それでもここの家の人崇《たた》られちゃうの？　そもそも最初に、神様に無断で家を建てた人が責められるんじゃないの？」

素朴な疑問をぶつける良彦に、老爺は両手の震えと痛がる素振りを再開させて、忌々し気に口にする。

「人の子の事情など知らぬ……！　我はただ、この身の上に勝手に住まう者が許せぬだけのこと……！」

「あー、そういうことかぁ。まあそうだよな。家建てるのって、結構地面を掘り返したりするし、そんな体にされちゃたまったもんじゃないよな」

あっさり納得した良彦に、再び老爺が毒気を抜かれたような顔をする。

「そうだなぁ……じゃあどうするのがいいかな？　ここに住む人に小さい塚とか作ってもらう？　あ、それよりちゃんとした祈禱《きとう》とかの方がいい？　オレ、友達が神職なんだけど、神様から祝詞のアンコールもらったことあってさ。そいつ呼んでこようか？」

「い、いや、待て、そんな大事《おおごと》にしたくない」

老爺は焦ったように口走ると、再び背を丸め、左の眼《まなこ》を剝《む》きだして睨め上げた。

「お前が……お前がどうにかするのじゃ……！」

「……オレが？」

思わず自身を指さして、良彦は問い返す。

「もしかして宣之言書《のりとごとのしょ》に名前出てる？」

「名が出ねば、哀れな神を捨て置くか……！」

「いや、困ってんなら手ぇ貸すけど、なんでご指名なのかなって」

「……そこに……お前がおったからじゃ……」

「登山家みたいなこと言うね」

さてどうしたものかと、良彦は腕を組む。おそらく玄関の鍵が回らなかったのも、この老爺のせいだろう。速やかに納得してもらわねば、引っ越しも終わらない上、三浦の妹夫婦が安心して暮らすこともできない。

「お前が御用人だというのなら、我を救ってみせよ……！　我を祀り、我を敬い、この家を取り払って清き社を建てるのじゃ……！」

醜い顔を見せつけるように言われて、良彦はふと、この無理難題を押し付けられる状況にどこか既視感を覚えた。

――日本の人の子が神祭りに目覚め、神に畏怖と敬いを持つようお前には取り計らってもらいたい。

そうだ、確かあの時も、無茶な御用を言いつけられた。

「……何を笑っている？」

老爺に問われて、良彦は緩んだ口元を自覚する。今思えば、あの時の自分はよくもまああっさり断ったものだ。

「いや、ちょっと昔を思い出しただけだよ」

懐かしさを噛み締めて、良彦は老爺に向き直る。たった二年前のことが、今はこんなにも愛おしい。

「なあじいさん」

これまで出会って来た神々を思い浮かべながら、良彦は尋ねる。

「なんか食いたいもの、ある？」

三

良彦が孝太郎を誘って穂乃香のアルバイト先を訪ねた日、萩原家に居残っていた黄金は、良彦の妹である晴南のことを、初めて悪鬼だと思った。

　今まで兄に対しての当たりが強いだとか、鬼神だとかと思うことはあったが、今回は悪鬼だ。間違いなく悪鬼だ。悪鬼でなくて何であるというのか。

「お母さん、どうせお兄ちゃんマカロン食べないよね？　真希《まき》と食べちゃっていい？」

　冷蔵庫から容赦なく取り出され、遊びに来た友人との茶請けにされようとしているマカロンを、黄金は悲愴な面持ちで見つめた。それは昨日、良彦の母親がパート先からもらってきたものだった。どら焼きより二回りほど小さく、桃色や黄緑色の鮮やかな色の丸い最中のようなものの間に、クリームが挟まっている。色ごとにクリームの味が違うらしく、マカロンをまだ食べたことがなかった黄金は、良彦に割り当てられるであろういくつかを、今夜にでも貰おうと考えていたのだ。

「いいわよ。晴南が食べたって言えば何にも言わないでしょ」

　あっさりと了承した母親を、黄金は愕然と振り返る。止めてくれるかと期待したが、妹には逆らわない息子の性質を理解している母親の能力が仇《あだ》になった。

「これは……何たることか……！」

　黄金はギリギリと歯を鳴らして唸る。こんなことなら妙な気を利かせず、孝太郎と一緒に穂乃香のアルバイト先に行くという良彦について行けばよかった。それなら少なくとも甘味を食いっぱぐれることはなかったであろうに。

「全部持って行かなくともよいではないか！　兄のために少しは残しておいてやろうという優しさはないのか！」

黄金の訴えも虚しく、晴南は紅茶とともにマカロンを自室へ運んでいく。ひとつくらい奪ってもいいのではという考えも浮かんだが、それでは見境なく食べ物を盗む白と同じ境地に堕《お》ちてしまう。

黄金は小刻みに震えながら、晴南の背中を見送った。食べられると思っていたものが食べられないとは、こんなにも虚しく、やり場のない憤りに苛《さいな》まれるのか。以前良彦が、「爆食の動画を見てカレーの口になったから、どうしてもカレーが食べたい」などと言っていたことがあったが、あれはまさにこういう状態のことなのだろうか。

「……落ち着け金龍よ。人の子の家に住まう以上、その家主の意向が優先されるのは仕方がないこと……」

鼻息を荒くしながら自身を宥《なだ》め、黄金はそのまま家を飛び出した。マカロンが食い尽くされていくのを、同じ屋根の下でただ待っているだけなのは忍び難《がた》い。確か四石社に、以前大年神《おおとしのかみ》からもらった酒蒸し饅頭を隠しておいたはずだ。今回はそれで腹を塞ぐことにしようと決めて、家々の屋根伝いに宙を駆けて社へ向かう。

しかしいざ社に到着して、賽銭《さいせん》箱の下の隠し場所を確かめた黄金は、そこで黴《かび》だらけの饅頭を発見して呆然と立ち尽くした。

白い薄皮は緑の斑模様になり、何やら異臭もする。思えばこれを貰ったのは何日前だったか。人の子の命より饅頭の消費期限の方が短いのだと知っていたはずなのに、なぜもっと早くに回収しなかったのか。

「……いかん……このままでは、今夜安らかに眠れぬぞ……」

耳を伏せ、歯を食いしばり、黄金は考える。甘味ストックはもうない。一体どこに行けば、この渇きを癒《いや》せるものに出会えるか。

「……やはりあのかふぇか」

つぶやいて、黄金は再び宙を駆けた。

穂乃香のアルバイト先には、実はすでに行ったことがある。以前蛭児大神《ひるこのおおかみ》が来た時の騒ぎに気付いて立ち寄り、便乗したのだ。なかなか美味なケーキだったので、あそこの甘味が食べられるのなら、このささくれた気持ちも収まるだろう。

上空から目当てのカフェを見つけた黄金は、通りに面した窓越しに、孝太郎と向かい合って座る良彦の姿を見つけた。まずは良彦に甘味を追加注文させて、孝太郎が目を離している間に食べるのがいいだろう。それともいっそ、丸ごと咥えて外に出るか、などと考えながら店内に入ろうとした黄金は、その直前でふと足を止めた。

今日良彦がわざわざバイト前に孝太郎を誘ったのは、おそらく神職についての話をするためだ。彼が養成所から取り寄せたパンフレットを黄金も見たが、どうやらかなりの金がかかるらしい。常日頃から彼が金欠に悩まされているのを知っている黄金は、孝太郎と真剣に話している良彦の顔を見て、次の一歩を踏み出すことをためらった。甘味ひとつくらい、とは思うものの、こういう店で食べるものは、スーパーやコンビニに置いてあるものより高価だということを、黄金も人の子との暮らしの中で学んでいる。

「……今は、やめておいた方が無難か」

せっかく良彦がやる気になっているのに、水を差すのは本望ではない。逡巡した黄金は、店内で動き回っている穂乃香に目を向けた。

「店のすたっふであれば、ひとつくらい融通できぬものか……」

黄金は窓ガラスに鼻先を押し付けて唸る。やはり店員であっても、商品を勝手に持ち出すことはできないだろう。頼めば買ってくれるだろうが、あの寡黙な少女がこうして接客業に就いていることが感慨深く、そうして手に入れた金を使わせると考えると、なんだか気が引けてしまった。

黄金は気分を切り替えるようにぶるぶると体を震わせると、一旦歩道の端に移動して思案した。他に誰か甘味を与えてくれそうな者はいるだろうか。

「この近くにおりそうな者……八家の遥斗《はると》がおったな……」

やたらと良彦にライバル意識を燃やしている彼のことを、ふと思い出す。こちらの姿は見せていないが、良彦と一緒にいる方位神がいるということは理解しているはずだ。甘味を献上するよう神託でも下ろしてやれば、従ってくれそうな気もする。

「いやしかし……あやつに頼みごとをするとややこしそうだ……」

黄金は尻尾を足に巻き付けて座り、短く息を吐く。高龗神《たかおかみのかみ》を尊敬している彼の心持ちは嫌いではないが、彼の場合神への畏怖というより、推しを守るセコムのような圧がある。うっかり甘味の神託を下ろして、あの圧を受けるようになっては、それはそれで重い。

「となればあとは……」

黄金はこれまでかかわった人の子の顔を思い浮かべたが、良彦と穂乃香を除けば、その数は実に少ない。加えて、コンタクトが取れる者と考えると、ほぼいないと言ってもいいだろう。最後の手段は、今まさに良彦と話しているあの権禰宜《ごんねぎ》だが、彼とは一方的な面識しかない上、一応彼が奉職する神社には黄金の塒《ねぐら》がある。そこの職員にたかるというのもどうだろうか。

「まさかこのようなことで悩むようになるとは……」

黄金は深々と息を吐き、もう一度店内の良彦に目を向け、振り切るようにしてその場をあとにした。

⛩

萩原家に帰る気にもなれず、黄金は四石社へと戻った。賽銭箱の下からもう一度饅頭を取り出してみたが、やはり黴だらけなのは見間違いではない。どうしたものか、とその場に座り込んだ黄金は、視界の端に何か光るものを捉えて視線を向けた。

「――これは」

社の敷地《しきち》内、ちょうど砂地の上に、小石に交じって落ちている一枚の硬貨。

「百円玉か……」

腰を上げ、それを確認した黄金は、しばし硬貨を見つめたままそこに立ち尽くした。おそらく参拝に来た誰かが落としていったのだろう。気づいて取りに来るかもしれないので、このままにしておくのがいい。

──しかしもしも、取りに来なかったら？

ふとそんな考えが、黄金の脳裏を駆け巡った。

今の日の本における百円玉の価値は理解している。物価の値上がりが続く今、この硬貨一枚で買えるものは少ないが、全くないわけではない。例えばコンビニにおいてあるプライベートブランドのスナック菓子や、一部のチョコレートは買えたはずだ。現に良彦がコスパがいいと言って買うのを見たことがある。

今まで感じたことのない緊張感が、黄金の体を包んだ。迷う心中を表すように耳は忙しなく動き、尻尾は強張《こわば》って毛が逆立つ。このまま放っておけば、いずれ神社の職員に発見されて回収されるだろう。交番に届けられるのか、それとも落とし物として預けられるのか、いずれにせよ黄金の手には届かないところにいってしまう。

「……いやしかし、たとえ落としたものであっても、勝手に我が物にしてしまうのは道理が通らぬ」

黄金は自身を諫《いさ》めるように首を振る。

ただ、人の子が落とした百円玉を捜しに来るのは、どのくらいの確率だろうかと考えた。もしかすると落としたことにすら気づいていないかもしれない。その場合、この百円玉の権利はどこへいくのか。

黄金は渇いた口の中を自覚しながら、ぎこちなくその場に腰を下ろした。落とし主が現れたなら返してやりたいが、このままでは勝手に拾ってしまう者がいるかもしれない。それはそれで納得しがたい気がした。

「こんにちは」

苦悶《くもん》の中にいた黄金の耳に、そんな声が届く。はっと顔を上げた黄金は、本殿の方から降りてきた職員が、参拝客に挨拶している姿を目に留めた。手にはお賽銭を回収する笊《ざる》を持っている。それを見た黄金は、咄嗟に傍にあった石を転がして、百円玉を隠すように載せた。職員は隠された百円玉に気づくことなく、四石社の賽銭箱の中身を取り出し、なぜか賽銭箱の前に放置してある黴びた饅頭も首を傾げながら回収して、その場を立ち去った。

黄金はその背中を見送り、前足で押さえていた石を転がす。岩屋戸から顔を出した百円玉が、再びその鈍い輝きを取り戻した。

黄金はその日、暗くなるまでその場で百円玉を見守ったが、落とし主は現れなかった。

――果たしてあれでよかったのだろうか。

夜になって萩原家に戻ってきた黄金は、良彦の自室で悶々《もんもん》と考えていた。百円玉はそのまま動かさず、あの場に置いてきた。誰かが持ち去る可能性もあったが、万が一落とし主が捜しに来た場合を考えてのことだ。それともあのまま素直に職員に拾わせた方が、落とし主にとってはありがたかったのだろうか。

もはや自分の陣地になっているベッドの上で、壁に向かって座った黄金は、自分の中に芽生えた淡い期待に戸惑っていた。確か人の子の法律では、拾得物を届けて三カ月が経過しても落とし主が現れなかった場合、自分のものにする権利があるという。ならばあの百円玉も潔く然《しか》るべきところへ届け出て三カ月待てば、黄金にも自分で甘味を買うチャンスが訪れるということだ。しかし方位神であり金龍である自分が、そのようなことで百円玉を手に入れてもいいものか。たかが百円といえど、どこかの誰かが労働の代わりに手にした金であることに変わりはない。欲しいものがあるなら、自ら努力するべきではないのだろうか。

「やっぱ地道に稼ぐしかないかぁ……」

不意に背後から聞こえた良彦のつぶやきに、黄金は心臓を鷲掴《わしづか》みにされたかのように飛び上がった。

「あ、当たり前であろう！　目的のために自ら汗を流すのは当然のこと！」

「うわ、びっくりした……。何怒ってんの？」

椅子の背もたれを軋ませながら、良彦が不思議そうに振り返る。彼は彼で、帰宅した時から何やら考えているようだった。

「……どうせお前のことだ、何か良からぬことを考えていたのであろう」

「オレだってたまには、地球温暖化とかに想いを馳せてるかもよ？」

「では何を考えていたのか言ってみろ」

「百万円拾う確率」

黄金はひそかに息を吞んだ。まさか良彦は、こちらが百円玉を拾うかどうか迷っていることに気づいているのだろうか。愚鈍だと思っていたが、いつのまにそんな神通《じんつう》力《りき》を身に付けたのか。

黄金が呆然としている間に、良彦は慣れた手つきでスマートホンに届いたメッセージに返信している。その姿を見ながら、黄金は徐々に冷静さを取り戻した。金のことで悩んでいる、という点においては、今の良彦と同じ心境であるのかもしれなかった。

⛩

翌日、朝陽《あさひ》が昇ると同時に社へ向かった黄金は、昨日見つけた場所にまだ百円玉があることを確認して、複雑な息を吐いた。いっそなくなっていればあきらめもついたが、こうして残っていると、いよいよ交番に届けるべきか、職員に知らせるべきかと悩ましくなってくる。

「おはようございます、方位神殿」

黄金が朝陽を浴びながら思案に暮れていると、散歩に出ていた経津主神《ふつぬしのかみ》と建御雷之男神《たけみかづちのおのかみ》がやってきて声をかけた。

「今日もいい天気でございますな。方位神殿の毛並みも美しく輝いておられる」

「うむ……。天照太御神《あまてらすおおみかみ》の恵みであるな」

尻尾を揺らして答え、黄金は少々逡巡しつつ尋ねた。

「……つかぬことを訊くが、お主らは人の子が使う金を拾ったことはあるか？」

唐突な問いに、二柱は不思議そうに顔を見合わせた。

「金、でございますか……」

「賽銭箱に入り損ねたものを、入れてやったことならございますが」

いかがされましたか？　という建御雷之男神《たけみかづちのおのかみ》の問いを、黄金はなんでもないと首を振ってかわした。

「少し気になっただけだ。気にするな」

そう言うと、黄金は二柱と別れて本宮へ続く石段を駆け上がった。

社に祀られている神々にとって、人の子の金など拾わずとも不自由はない。それが本来の姿だ。甘味を買えるかもしれないなどと考えてしまったことが、そもそもの間違いだったのだろう。

大天宮の方へ歩いてきた黄金は、その途中で会った田道間守命《たじまもりのみこと》と大地主神《おおとこぬしのかみ》にも同じ質問をした。

「人の子の金を拾ったこと……実は……覚えがあります……」

途端に青ざめた田道間守命《たじまもりのみこと》が、懺悔する面持ちで口にする。

「昭和の頃、賽銭箱に入り損ね、神職にも見過ごされた十円玉を一枚、半年が過ぎたのちに回収し、――ちろるちょこに換えたことが……」

その場で平伏しそうな勢いで、田道間守命《たじまもりのみこと》は告白した。

「菓祖神として、十円で買えるちょこれいとに興味が尽きず……」

「いや田道間守命《たじまもりのみこと》よ、気持ちはわかるぞ……」

初めて同志に出会った気がして、黄金は同情を込めて彼を見上げた。その隣で、大地主神《おおとこぬしのかみ》が腰に手を当て、呆れたように田道間守命《たじまもりのみこと》を見やる。

「半年過ぎておったのであれば問題なかろう。そもそもその十円はお主に捧げられたものではないか」

彼女にしてみれば、考えすぎだということだろう。割り切り方は、それぞれの性格によるところが大きそうだ。

「そういうお主はどうなのだ？」

黄金は大地主神《おおとこぬしのかみ》に目を向ける。元人間である田道間守命《たじまもりのみこと》より、生まれた時から神である彼女の方が、そのあたりの感覚は人の子と乖離《かいり》していそうだが。

「私はそもそも社がないゆえ、賽銭をもらうことがないのでな。たとえ拾ったところで使い道もない」

「金があれば、何か食いたいものを買うこともできるぞ？」

「食いたいものなら地鎮祭で献饌させればよい。寝ている神職と施主の耳元で百回くらいつぶやけば、だいたい叶うぞ」

最近見かけた地鎮祭で、やたらハッピーターンを見たのはそのせいかと、黄金はあきれ気味に女神を見やった。しかしそれが一番手っ取り早くはある。

田道間守命《たじまもりのみこと》の場合は自社へ捧げられた賽銭であったが、今回黄金が見つけた百円玉は、社の敷地にあったとはいえ、賽銭箱に入れ損ねたとは考えにくい位置にあった。神に捧げられたものでないのであれば、やはり人の子の法に則《のっと》って考えるべきだろう。勝手に甘味に換えるわけにはいくまい。そんなことを考えながら社に戻ってきた黄金は、そこに一人の参拝客がいることに気づいた。

少年と青年の狭間《はざま》の年頃で、熱心に手を合わせた後、物珍しげに社を見て回る。黄金は彼が百円玉を見つけやしないかと、やや緊張しながら様子を眺めた。悪いことはしていないはずなのに、なぜだか胸が騒ぐこの気持ちには覚えがある。確か良彦が初めてここへ来た時も、賽銭箱の下に隠したるるぶが見つけられないかと、内心冷や冷やしていたのだった。

——思えばあれがすべての始まりか。

まさかあの時は、彼と抹茶パフェを食べに行くことになるとは思わなかったし、これほどの付き合いになるとも思っていなかった。

さほど珍しいものもないはずだが、参拝客はじっくりと社の細部まで見て回り、やがて気が済むと本宮の方へと歩いて行った。それを社の屋根の上から眺めていた黄金は、どこからか彼に合流した白く大きな犬に気づく。

「……あれは」

しかし確認する間もなく、新たな参拝客の足音に気づいて目を向けた。

まだ小学生の姉妹と思われる二人組が、少し落ち込んだような面持ちで歩いてくる。

妹の方は直前まで泣いていたのか、頰には涙の跡が残り、瞳は潤んでいた。

「本当にここで落としたの？」

姉の方が、確認するように尋ねる。

「わかんない……。でもこの辺で遊んで……、そこから美久《みく》ちゃんちに行って……」

妹は、今にも泣きだしそうな涙声で答えた。

「美久ちゃんちには、なかったんだよね？」

「ないって、言ってた」

妹は泣くまいと目を擦り、それでも溢れてくる涙を堪えてしゃくりあげる。

「せっかく、使わずにとっておいた百円なのに……。お母さんに、誕生日プレゼント、買ってあげるって約束したのに……」

黄金の中に巣食っていた何かが、一気に溶かされて消えていくようだった。

今までの自分は何に悩んでいたのかと、視界の靄《もや》が晴れていく爽快感と、少しの罪悪感が胸の中を駆けていく。

黄金は地面の百円玉を咥えると、姉妹の目につくところへそっと転がした。突然転がってきた硬貨に驚いた姉妹だったが、妹の方がぱっと顔を輝かせてそれを拾い上げる。

「あった！　私の百円、あった！」

手にした百円玉を、妹は宝物のように空へかざした。銀色の硬貨が、陽を浴びて鈍く光る。

「よかったね！　きっと神様が見つけてくれたんだよ」

姉がそう言って、二人は嬉しそうに笑いながら、元来た道を帰っていく。その光景を、黄金は目を細めて眺めていた。

四

「はい、じゃあこれ約束の日給」

午後二時をまわった頃、無事に引っ越し作業が終わり、良彦は三浦から一万円を受け取った。

「ありがとうございます！」

良彦は封筒を高々と掲げて礼を言う。

作業の途中で絡んできた謎の老爺は、食べたいものを尋ねた良彦に、なぜか『ワンちゅ～る』という犬用のおやつを所望した。なぜ犬用がよかったのかはよくわからないが、コンビニで買ってきて手渡すと満足して去っていったので、深くは考えないことにした。

大きな荷物の搬入は全て終わったので、後は家人たちが細々したものを片付けていくだけだ。三浦の妹夫婦からも昼食をご馳走になった上、よく労ってもらった。

「千里の道も一歩からだよ。頑張ってね」

帰り際に三浦からそんなことを言われて、良彦は受け取った一万円が、今まで当たり前に受け取って来た給料とは、どこか違う気がしていた。

「……とはいえ、ゴールはまだ遠いんだけど」

信号待ちの間に、良彦はぼやく。金を貯めることもそうだが、養成所へ入るには国語と小論文と面接の試験がある。そちらの対策も考えなければならない。試験のための勉強など、いつぶりだろうか。机に向かっているより体を動かしている方が好きだったので、勉強と聞くと身構えがちなのだが、今は少し楽しみにしている自分もいた。きっとそれは、目標ができたからだろう。今まで行き先もなく大海原を漂っていただけの良彦にとって、野球を失って以来数年ぶりの道しるべだ。

信号が青に変わり、良彦は歩き出す。孝太郎や三浦に宣言したことが、いい後押しになった気がした。家族にも近々打ち明けるつもりだが、もともと孝太郎が頻繁に訪ねて来る家なので、良彦が神職を目指すと言っても驚かれない気がする。

商店街を通りかかった良彦は、ドーナツ店が店頭でセールをしているのを見かけた。中身の種類は選べないが、一箱六個入りが五百円だという。それを見た瞬間、ふと黄金のことを思い出して、良彦は一箱を購入した。なんだか昨夜から様子がおかしかったのだが、今朝妹から冷蔵庫にあったマカロンを全部食べたという話を聞いて、十中八九それだろうなと思い当たったのだ。何でもかんでも食い散らかさなくなったあたり、彼も居候として成長している。

「明日から、昼飯の時のコーヒー抜くか……」

財布の中を覗いて、良彦は息を吐く。五百円の出費は痛いが、居候の情緒安定のためには仕方がない。

「良彦さん」

ドーナツの箱をぶら下げて歩いていた良彦は、道の向かいで手を振っている穂乃香に気付いた。バイト先のカフェのロゴが入った紙袋を下げて、こちらへと道路を渡ってくる。

「穂乃香ちゃん、バイトの帰り？」

「うん、今日は開店から入ってたから……。あ、それでね、試作品のロールケーキを貰ったの」

　穂乃香は紙袋を掲げてみせる。

「私は休憩時間に食べたから、良彦さんと黄金様にどうかなって……」

「マジで？　いいの？」

「家まで渡しに行こうと思ってたから、ちょうどよかった」

　穂乃香から差し出される紙袋を受け取ろうとして、良彦はふと思案した。

「それなら、穂乃香ちゃんもうちにおいでよ。顔見せてくれたら黄金も喜ぶし」

「え、でも……」

「実はさっきドーナツも買っちゃってさ。黄金に食わせすぎると、また冬毛がどうとかって言い訳されるし、一緒に止めてくれると助かる」

　ただでさえ我が物顔でベッドを占拠するので、これ以上彼の体積が増えるのは勘弁してほしいのだ。

　良彦の言い草に、穂乃香は可笑しそうに笑って、そういうことなら、と了承した。

「……どーなつと……ろーるけえきだと……？」

良彦が穂乃香と一緒に帰宅すると、一階の和室で昼寝をしていたらしい黄金は、突然もたらされた甘味に、理解が追い付かぬ様子で呆然としていた。

「お前、まだ寝ぼけてんな」

「良彦さん、私お茶淹《い》れましょうか」

「あ、それならコーヒーにする？　紅茶もあった気がする」

ちょうど家人の出払った家で、良彦は穂乃香にカップなどの位置を教え、自分はケーキとドーナツを取り分ける皿を出した。

「黄金、取ってやるから紙袋に頭突っ込むな」

「これは……！　なんという馨《かぐわ》しさよ……！」

「穂乃香ちゃん、ドーナツどれ食う？」

「わしはこの！　このちょこれいとがかかったやつがよいのだぞ！」

「わかったから手ぇ突っ込むな！」

キッチンでケトルから湯気があがる。

日曜の昼下がり、神と人の密やかな直会は、穏やかで甘い香りに満たされていた。

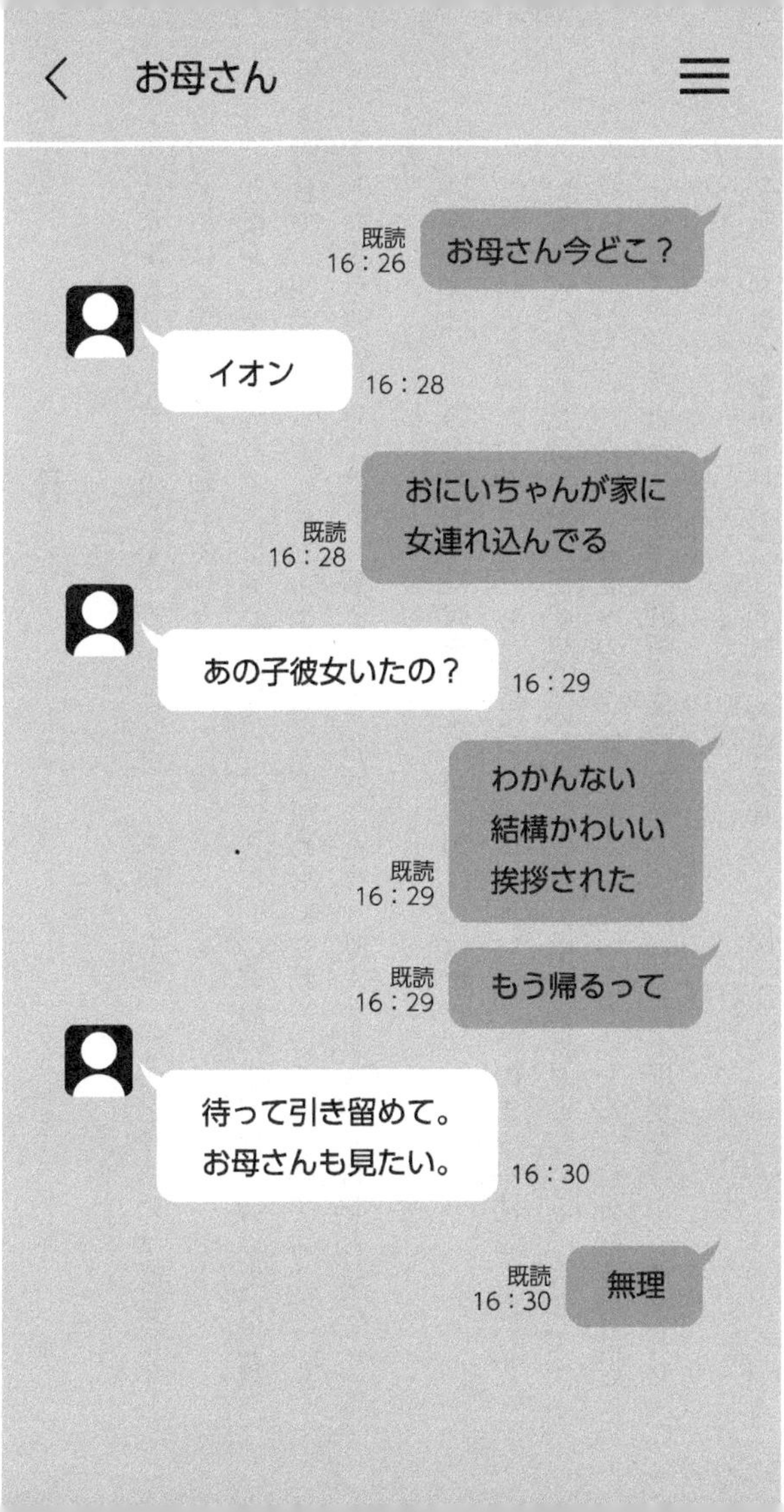
お母さん
既読
16：26
お母さん今どこ？
イオン
16：28
おにいちゃんが家に
女連れ込んでる
既読
16：28
あの子彼女いたの？
16：29
わかんない
結構かわいい
挨拶された
既読
16：29
もう帰るって
既読
16：29
待って引き留めて。
お母さんも見たい。
16：30
無理
既読
16：30

⛩

秋が深まりゆく京都の街を、青年と呼ぶには無理があり、少年と呼ぶには微妙な年頃の彼は、腹立たしく歩いていた。

普段から東京の人混みには慣れているとはいえ、この季節の京都は想像以上の混雑具合で、四条通の歩道は溢れんばかりの人で埋め尽くされている。今朝チェックアウトしたホテルのロビーにも、観光客から預かったキャリーケースがずらりと並んでいた。

けれど彼は、その混雑ぶりに腹を立てているわけではない。

二時間ほど新幹線に乗って、ちょっと京都市内を歩いて、そのまま一泊しただけだというのに、それだけで熱を出す自分の体には、随分昔から辟易《へきえき》している。今年で十六歳になったというのに、人混みの中で埋もれてしまいそうになる、自分の背の低さにもうんざりだ。それに加え、計画を遂行できずに終わった不甲斐《ふがい》なさが、彼を苛立たせていた。

「なあ、だから悪かったって。そろそろ機嫌直せよ、桜士朗《おうしろう》」

彼の傍らを歩く巨大な白狼《はくろう》が、鼻先を彼に向けて口を開く。

「しょうがないだろ。なんか食いたいものないかって訊かれたから、つい」

人語を話す白狼を、振り返る人はいない。眷属神である彼は、意識して姿を見せない限り、一般人の目には映らないのだ。

「だからって、なんでワンちゅ～る買ってもらって喜んでるのかな⁉」

人混みであることを忘れて、桜士朗は思わず声を大きくする。

「せめてもっと、高級フレンチであいつの財布にダメージを与えるとか、分子ガストロノミー料理とか言って、困らせればよかったのに！」

怒りに任せてまた熱が上がった気がして、桜士朗は肩で息をする。

「だってさぁ、ちゅ～るがあれだけ猫に人気だから、ワンちゅ～るの方はどうなのかずっと気になってたんだよ」

白狼は悪びれることなく答える。やはりどこか暢気《のんき》なこの白狼に、御用人を試すようなミッションを任せたことが間違いだったのか。

「そもそも青藍、君は犬じゃなくて白狼だろ？　もっとプライドを持てよ。あと僕が目を離した隙に、わざと姿を現して犬のふりをするのもやめろ。わざわざリードに繋がれたふりまでして！」

「だって俺、人の子に撫でられるの結構好きだし。ああやってると、よく犬好きが寄ってくるんだよなぁ」

「そのせいであいつにも見つかったんだぞ！　デレデレ尻尾振りやがって」

「まさかあそこで本人に会うと思わないじゃん？　なんだかんだ有名人だし、ちょっとテンション上がった。あと犬好きそうだったから好印象」

「だから君は！　犬じゃなくて白狼だろ！」

もはや周囲の人目を気にせず、桜士朗は叫んだ。一体この白狼のセルフイメージはどうなっているのか。

「落ち着けよ桜士朗、あとでブラッシングさせてやるから」

さも慰めるように言われて、桜士朗は熱が上がるのを自覚する。青藍は人の手で毛繕いされるのを好むため、行きの新幹線の中でも延々ブラッシングを求められたのだ。

「ブラッシングは君が好きなだけだろう？　また二時間ブラシを握らせる気か⁉」

「品川までにする？」

「ほぼ変わらないじゃないか！」

そもそも今回京都に行くと言い出したのは桜士朗だ。青藍は付き合ってくれているに過ぎない。それを思えば彼の希望に添うのは吝かではないが、なぜこんな流れになってしまったのか。

「ところでこの二日間、御用人周りを観察してどうだった？」

　ふくよかな差し尾を揺らして、青藍が尋ねる。

「どうもこうも、謎が深まっただけだよ。青藍が化けた祟り神だって、美味しいものを食べさせて誤魔化そうとするし、そもそも定職にだってついてないフリーターじゃないか。天眼の女が何か協力してるのかと思ったけど、それもちゃんと確認できなかったし……。なんでカフェにあんなに神様がいるんだよ……」

　神々と同じ店内で食事をするという行為が畏れ多すぎて、逃げるように店を出てしまったので、調査らしいことは何ひとつできなかった。

「御用人の血筋でもない、天眼でもない、どうしてそんな奴が『大建て替え』を阻止できたんだか、さっぱりわからない。ほとんど西の金龍様が解決したに決まってる」

　火照る頬を秋風に晒《さら》して、桜士朗は眦《まなじり》を強くする。話を聞こうとして金龍の隠居先を訪ねたが、会うことは叶わなかった。

「僕は桐堂院《とうどういん》家の人間として、一刻も早く御用人にならなきゃいけないんだ」

　かつての御用人であった祖母が亡くなってから、桜士朗は生まれている。しかも生まれつきの天眼であったため、代々御用人を輩出している一族の中で、次代の御用人にと期待されているのだ。しかし祖母の時は十歳で指名があったというのに、桜士朗が今年十六歳の誕生日を迎えてもなお、大神からの指名はない。そのことが彼の中で言い様のない焦燥を生んでいた。

「……あ、ここだ」

朦朧《もうろう》とした頭で歩いていた桜士朗は、通り過ぎそうになった店に気付いて慌てて引き返す。

「土産、頼まれてんの？」

「頼まれてるんじゃない。僕が買いたいから買っていくだけだ」

そう言って、桜士朗はスマートホンのメモ機能を呼び出す。何度スクロールしても終わらないその買い物リストに、青藍が露骨に呆れた顔をした。

「とりあえずここで買うのは、母様のためのスキンケア用品。その他にも宇治抹茶や梅干、父様には地酒を数種類、兄上からは阿闍梨《あじゃり》餅等《など》のお菓子をと思ってる。まだ何カ所か店舗をまわるぞ」

そう言い残し、桜士朗は青藍を残して店内へと消えた。

「熱が出てるっていうのに……。相変わらず家族大好きなんだよなぁ」

生まれつき病弱だった桜士朗は、赤ん坊のころから過保護と言っても過言ではない扱いを受けて育っている。それでも傲慢にならずにいるのは、未だ彼が御用人になるという夢を果たせずにいるからだろう。御用人になることが、家族への恩返しになるとも思っているのだ。

「代々続く御用人家系の桐堂院家の次男で、生まれつきの天眼。神への畏怖も敬いもあって、本人も御用人として生きることを望んでる……。条件は揃ってんだけどなぁ」

歩道に座って桜士朗を待ちながら、青藍はぼやく。自分が御用人になれないばかりか、京都にいる御用人の活躍ばかりが神々を通して耳に届くので、居ても立ってもいられなくなったというのが、今回の旅の真相だ。それで彼の気が済むならと思ったが、これでは余計に焚《た》きつける結果になっただろうか。

「そなた、三峰《みつみね》の狼か」

不意に声がして、青藍は弾かれたように店の屋根の上を見上げた。

金色の狐が、その艶やかな毛に秋の陽を反射しながら佇んでいる。新緑のような萌黄色の瞳は、しっかりとこちらを見下ろしていた。その姿に、青藍は全身の毛が逆立つのを自覚する。圧倒的な位の差がそこにあった。できるだけ目立たないようにしていたつもりだったが、やはり金龍の眼を躱《かわ》すことはできなかったか。

「……ち、違うワン……白いシェパードだワン……」

「最近の狼は戯言《たわごと》を言うのか」

鼻息ひとつで受け流されてしまい、青藍はいよいよ絶望の淵《ふち》に立たされる。

「何をしに来たかは知らぬが、わしの塒がそんなに珍しかったか？　それとも、大建て替えを阻止した御用人を見物にでも来たか？」

眼光鋭く問われて、青藍は耳を伏せ、尻尾を股に挟み込み、大きな体を縮めるように強張らせた。一介の眷属神である自分が対峙《たいじ》するには、力の差がありすぎる。

「わかっておるだろうが、京の町は狼の縄張りではない。あまり勝手なことをするなと、お前の主人に伝えておけ」

「……御意」

青藍は萌黄色の双眼に睨まれながら、それだけを何とか口から絞り出した。

「青藍、待たせたな。お前も入ってくればよかったのに――」

やがて店から出てきた桜士朗は、先ほどより幾分やつれたように見える青藍を見つけて、首を傾げた。

「何かあったのか？」

「もうやだ……帰りたい……」

「ど、どうしたんだ？　ブラッシングするか⁉」

　店から出てきた男が、慌てた様子で白狼の機嫌を取っているのを眺めていた黄金は、音もなくその場をあとにした。この日の本に御用人は良彦一人きりではない。先日の荒脛巾神《あらはばきのかみ》による『大建て替え』を阻止したという彼の活躍は、他の御用人の耳にも入っているだろう。

「それに加えて、あのような血筋の者もおるとなれば、良彦もうかうかしておられぬな」

　京の空を駆けながら、黄金は愉快さに口角を上げる。

　神職を目指す良彦がどうなっていくのか、白狼を従えた彼がどう成長するのか、またひとつ、楽しみが増えた気がした。

「……それもまた、儚き世の一興である、な」

了

ワンポイント
神様講座 4

神職さんについて教えて！

神職になるには「神職の資格」が必要になりますが、それには「浄階」を最上位として五ランクの「階位」があります。この「階位」のランクによって、つける「職階」が変わってきます。また、階位や職階の他に、経験や業績によって決められる「級」も六ランクあり、意外と複雑な世界になっています。

階位
浄階《じょうかい》
▲
明階《めいかい》
▲
正階《せいかい》
▲
権正階《ごんせいかい》
▲
直階《ちょっかい》

職階
宮司《ぐうじ》
▲
権宮司《ごんぐうじ》
▲
禰宜《ねぎ》
▲
権禰宜《ごんねぎ》
▲
出仕《しゅっし》

※神社によっては独自の職名も存在します。

級	正装時の袍の色（男性神職）	袴の色
特級	黒	白に白文様
一級	黒	紫に白文様
二級上	赤	紫に紫文様
二級	赤	紫に文様なし
三級	縹《はなだ》	浅葱に文様なし
四級	縹	浅葱に文様なし

なにやらややこしいしきたりであるが、
神への真摯な感謝と敬いこそ、
一番大切なものであるのだぞ

新シリーズ制作決定!

『神様の御用人』新シリーズの続報は、
メディアワークス文庫公式HPやTwitterにて
随時発表予定!

メディアワークス文庫公式HP https://mwbunko.com/
メディアワークス文庫公式Twitter @mwbunko

特報

メディアワークス文庫

『神様の御用人』

第10巻で〈黄金編完結〉となった
『神様の御用人』が、
新たなキャラクターを迎えて
再始動します!

新シリーズでは、「三柱　ありふれた日常」に登場した
桜士朗と青藍のコンビが大活躍。
『神様の御用人』の世界がさらに深まる、
新たな“神様と人の物語”が描かれていきます。

お馴染みの面々も登場予定なので、
ぜひお楽しみにお待ちください。

狐はイヌ科

お父さん 僕 犬が 飼いたい
犬は大変だぞ 散歩とか 躾とか
僕がんばるから！
うーん そうだなぁ じゃあ とりあえず……
しばらく これで練習な
良彦
ギロリ
あとで 話がある
わーい

カバー・口絵・モノクロイラスト／くろのくろ
回顧録漫画／ユキムラ
本文カットイラスト／藤沢チヒロ
装丁デザイン／高橋郁子
回顧録デザイン／ダイアートプランニング

<初出>

本書は書き下ろしです。

この物語はフィクションです。実在の人物・団体等とは一切関係ありません。

メディアワークス文庫

神様《かみさま》の御用人《ごようにん》

継《つ》いでゆく者《もの》

浅葉《あさば》なつ

2023年３月25日　初版発行
2024年11月15日　３版発行

発行者　山下直久
発行　株式会社**KADOKAWA**
〒102－8177　東京都千代田区富士見2－13－3
0570-002-301（ナビダイヤル）
装丁者　渡辺宏一（有限会社ニイナナニイゴオ）
印刷　株式会社KADOKAWA
製本　株式会社KADOKAWA

●お問い合わせ
https://www.kadokawa.co.jp/（「お問い合わせ」へお進みください）
※内容によっては、お答えできない場合があります。
※サポートは日本国内のみとさせていただきます。
※Japanese text only

※定価はカバーに表示してあります。

Printed in Japan
ISBN978-4-04-914828-2 C0193

メディアワークス文庫　https://mwbunko.com/

本書に対するご意見、ご感想をお寄せください。

あて先
〒102-8177　東京都千代田区富士見2-13-3
メディアワークス文庫編集部
「浅葉なつ先生」係

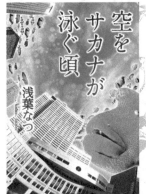